Kadokawa Fantastic Novels

島村
蹺課女高中生其一。
頭髮染成栗子色，有點少根筋的女生。
雖然化妝花費的時間比安達多，
卻覺得安達比較漂亮。
安達
蹺課女高中生其二。
體型細瘦，沒什麼曲線。
最近因為冒出不該有的想法而感到苦悶。
制服 PINPON

「這位是？」
「她正是那位島村。」
「哪位島村啊……」
「喔喔，就是妳啊。」
「呃，貴姓大名？」
「請叫我知我麻社，咻咕～咻咕～」
未來 FISHING

安達 QUESTION
「那個，我想說，可不可以坐在島村的大腿中間……」
「咦？可以啊。妳在做什麼？」
「呃，因為……」
「嗯？我妹就會這樣和我坐，這樣不是很正常嗎？」
「正…正常是正常……」

「今天，我想去安達家，可以嗎？」
等邊 TRIANGLE

女高中生HOLIDAY

「我們要兩人合唱～！」
「其實，能一起唱幫了我很大的忙。」
「咦？」
「我不擅長在別人面前唱歌。」
「我也是。能和島村一起唱真是太好了。」

安達與島村

入間人間

插畫／のん

Kadokawa Fantastic Novels

制服 PINPON

「來打桌球吧。」一起蹺課的安達如此提議，使得我們之間默默出現桌球風潮。在大窗戶不能打開而有些悶熱的體育館二樓，擺放著如今很少使用的桌球桌與整組球具。可以俯視一樓的那一側，掛著綠色的網子。推測是這所學校還有桌球社時留下來的，以免沒打到的球掉到樓下。正好覺得一直坐在網子邊角和安達低聲閒聊也有點膩了，所以我也贊成這個提議。

現在是十月下旬，學校已經換季，穿長袖制服卻還有點熱的季節。天氣晴朗，天空湛藍又清澈，體育課也都在操場進行。擅自使用體育館的只有我們。我窺視樓下確認這裡只有我們之後，開始和安達準備球桌。

「妳國中的時候參加過什麼社團嗎？」

因為不熟悉桌球網的架設方法而陷入苦戰的安達如此詢問。我和安達一起蹺課至今約一個月，但好像沒聊過社團的話題。

「打過籃球。當時有點熱血，還練習投籃到很晚。」

「真意外。」安達說。大概是因為我比她矮才講這種話吧。

「啊，那要打籃球嗎？」

「我可不會對外行人使出真本事喔。」

「真敢說。」安達笑了。要是在樓下球場打籃球，老師肯定會聽到聲音立刻發現我們。安達也不是說真的。而且雖然理所當然，但我們都穿著制服，打籃球會導致裙襬飄揚，彼此可能都會老是在意走光。

外行人要打球，桌球這種程度的運動恰到好處。

適合在二樓這個小小的空間偷偷玩。

安達與我是高一學生。入學至今，彼此都不太認真。我和安達不是老朋友，是就讀高中之後才認識的泛泛之交。我多少知道關於她的一些事情，但不知道的部分還是堆積如山。而當中大多都是我不需要知道的事。

安達在外表上不會過於冒險。頭髮也只染成不顯眼的褐色，不過長度留得稍長了點。那種褐色不顯眼到說天生就是這種髮色也不會有人起疑。體型細瘦，沒什麼曲線，肩線斜到讓人懷疑是否真的有肩膀。眼神感覺強勢，加上嘴唇不厚，看起來似乎經常掛著冷漠的表情。實際上她有著與其說是冷靜沉著，不如說是溫文柔雅的一面。

她會生氣也會笑，我卻沒看過她大聲怒罵的樣子。

左手經常戴著銀手環。大概是因為手環尺寸很大，所以變成是掛在手腕上的狀態，看起來很像是戴著只有一邊的細薄手銬。

我則是任何人都看得出染過的深栗子色頭髮。化妝花費的時間也比安達多。雖然無法忍受只戴個小耳環就被當成不良少女，但安達給老師的印象是好很多。可能是因為安達比較漂亮，而且很少展現叛逆的態度吧。
但不可以被她騙了。這傢伙品行比我不良三倍左右。這部分希望能由出席天數判斷。不過即使比安達正經三倍，也不代表能成為優等生，這正是難受之處。我們的考試成績差不多也是神奇之處。
安達脫下制服外套綁在腰間。準備好桌球台之後，我也學安達脫掉外套。畢竟要是身體動得太誇張而弄破會很麻煩，最重要的是會熱。
反正都會流汗，所以我先把妝卸掉，再拿好拍面看似會發霉的球拍，並將有粉紅斑紋的鮮豔乒乓球放在手心上。看對面的安達以左手拿球拍，我才察覺她是左撇子。
「上次打桌球是什麼時候？」
「嗯……小學六年級的兒童會？」
發球之後，我們一邊打球一邊交談。出現令人懷念的名詞，使我湧出笑意。
「兒童會！唔哇～已經好久了，好久以前的事了。」
我是右撇子，所以容易進攻安達的右側。我毫不留情往右側打過去，但安達幾乎沒離開我的正前方，以球拍背面俐落還擊。
「妳身手真好。」
「還可以這樣。」
我小力打回去的球，被她瞬間改以右手拿球拍，狠狠打回來。我睜大雙眼佩服她很厲害；

雖然球沒擦到桌面就直衝後方的網子，撞得網子晃呀晃的。

我們就像這樣悠閒地，偶爾認真地追著球跑，打桌球消磨時間。教室裡正在上第三堂課。我忘了週一的第三堂課是數學還是日本史。即使試著回想，也因為忙著追乒乓球，使得腦中也將上課的事情扔在一旁。

我與安達並不是一開始就一起蹺課。安達有安達的去處，我有我的去處。說到底，安達甚至連學校都不太常來。

漫畫裡經常會在校舍樓頂發現蹺課的學生，但實際上根本沒有學校會開放樓頂。而且在樓頂這種地方睡午覺要是被曬黑就糟了。因此我選擇不會被別人發現又能遮陽的體育館二樓，結果有一天安達湊巧也在這裡。

當時第二學期剛開始，或許是氣候很悶熱吧，懶洋洋的她連襪子都脫了。我清楚記得當時她一開始似乎以為我是前來巡邏的老師而慌張起身。她的腳趾不住張開，那小巧可愛的腳趾也讓我印象深刻。

在那之後，不知為何我們經常共同行動。像這樣蹺課的時候，也是不知道為什麼總覺得對方今天會來這裡，而且前來一看便會發現對方真的在這兒。其實安達很少待到放學之後，所以這時候我大多和另外兩個朋友一起行動。但是那兩人生性正經，別說蹺課了，我甚至懷疑她們是否正經到不曾漏抄過黑板上的一字一句。

正經的有兩人，以及不正經的有兩人。好像有取得平衡，又好像不上不下。乒乓球以我能夠心不在焉思考這種事的速度，在我們之間來回。

可以打造出這段不被各種事情煩擾的時間，讓我覺得很舒適。

「打不下去了。好熱。」

安達解開上衣一顆鈕釦，宣稱自己已經達到極限。她將球拍放在桌上，搖著手說聲「我不行了」。我也捲起因汗水而和肌膚緊密貼合的上衣衣袖，離開了球桌。我把握在手中的乒乓球也一起拿了過來。因為我沒自信可以讓球停在球桌上，所以打消了把它扔上桌的念頭。

這裡沒有確實打掃，累積的塵埃如同上過一層蠟似的平鋪在地面，令人對於要直接坐在地板上有點排斥，所以我們靜靜坐在防止球掉出去的網子上。

「好想吹風。」

臉頰發熱泛紅的安達小聲說道。我深有同感，忿恨地仰望不能打開的窗戶。

要是打開這扇窗戶，可能會被各種人發現這裡，也會發現我們。

「要出去嗎？反正快午休了。」

安達捲起袖子，衣襬也放到裙子外面。我沒辦法將制服穿得這麼邋遢。放著不管的話，安達甚至會連裙子都捲起來，這點我也學不來。即使沒有別人看見，我也會莫名感到難為情。

正當我這麼想的時候，安達捏起裙襬開始搧起風來了。

「天啊，真不檢點。這樣會害我們高中的……呃～叫做什麼？呃～」

「格調？」

「對，就是那個。格調會拉低的吶。」

「所以說，午休啊……該怎麼辦？」

她說著便偷瞄我一眼。就先不管話題完全沒連貫的問題了。

我只要穿上外套就能恢復正常的制服穿著，因此必然是我比較方便外出購物。安達非得將上衣塞回裙子裡、放下袖子、扣上鈕釦、穿上外套才行。再來應該還想整理凌亂的頭髮吧。頭髮都翹起來了。

「好啦好啦，我去就是了。」

「下次就換我去了。」

「妳說的下次，和我所想的『下次』完全是不同的意思吧？」

我想應該一直到下下下下下次都已經決定好是由誰去買了。但安達只是掛著笑容。

「丹麥麵包跟水就好。拜託了～」

「知道了。賣光的話我就隨便買囉。」

安達總是喝礦泉水。肌膚與臉蛋大概是因此而有著透明感吧。我想到這裡就覺得有點羨慕。或許安達血管裡流的不是血，是水也說不定。

「妳下午要回去上課嗎？」

「大概吧。安達呢？要回家嗎？」

「嗯……總之再怎麼煩惱，我也不會去上課就對了。」

安達立刻放開交叉在胸前的雙手撐在地上。在一旁的我發現她的表情看起來已經是一副事不關己的樣子了。

我不曾認真問過安達為什麼不去上課的理由，反之亦然。我們沒有理由地聚集在這裡，即使如此仍覺得有點無聊，才試著打起桌球。

我用手指彈出剛剛放在掌心把玩的乒乓球。乒乓球發出叩、叩、叩的清脆聲響，碰到牆之後停了下來。這個聲音很像輕敲他人心扉的聲音。

安達一邊以指尖拿起剛脫下的室內鞋邊開口說話。因為我很專注地在彈乒乓球，所以剛剛表情也變得格外險惡。突出翻開的下唇，一副非常拚命的表情。

「桌球挺有趣的嘛。」

「真的。果然還是單人競賽比較適合我的個性。」

雖然籃球也很好玩，但我在國三時領悟到自己不適合打籃球。我天生會想在比賽時測試單靠自己的力量能做到什麼程度，當然我也很清楚這成為了團體競賽時打亂陣腳的原因。因為經常有人提醒我帶球太久。

「不過，就算體育課說要打桌球，我想我大概也不會參加吧。」

「啊，我懂。這時候會逃到其他地方去。」

安達將手臂往上伸直的同時，表明同意我的說法。她的右手微微顫抖之後，手肘發出「啪嘰」的聲音，而她也發出「啊呼」的嘆息聲。看來她是只要伸直手肘，骨頭就會這樣出聲的體質。這是怎樣？

「不過啊，我和島村的個性在奇怪的地方很合呢。」

安達說出我的姓氏。她應該沒注意到，但我會有些不悅。我姓島村，我對此實在沒轍。說到島村，就是流行服飾品牌「思夢樂」（註：日文中「島村」與日本服飾品牌「思夢樂」同音）。我總覺得大家都把我當成服飾品牌在叫。如果姓島崎之類的還比較好一點。

我伸直雙腿發呆，此時體育館裡也響起下課鐘聲。

廣播聲微微撼動本應無人的空間，肚子深處跟著輕輕顫動。

「打鐘了呢。」

「是啊。」

「妳慢走。」

安達揮手致意，我只好心不甘情不願地起身，穿上剛才脫掉的外套，重新穿好室內鞋，確認帶著錢包之後走向階梯。走到一半轉過頭一看，安達伸手想拿手機玩卻搆不到書包，正打算打消念頭恢復原來的姿勢。雖然我覺得這種事時常發生，可我還是對她說：「懶惰鬼～烏龜～」她以腳跟敲擊地板抗議的聲音傳入耳中，但我還是很得意地走下樓。

安達手機通訊錄裡有誰的資料，是我不知道的眾多事情之一。我在學校沒看過她和除了我以外的人說過話。那當然，因為她幾乎不在學校。

最近經常在這裡見到她，或許她是為了見我才來的。

意識到這一點，就覺得有點心癢難耐。

而且要是我明確說出這件事，安達大概再也不會來體育館二樓了。

隔天，安達再度邀我說：「來打桌球吧。」她看起來比昨天更想打球了些，我一邊想是發生什麼事了，一邊準備球桌與球網。昨天已經有裝設球網的經驗，所以準備完成的時間早了一點。

「可以由我發球嗎？」

「是可以。」

安達拿起和昨天不同的橘色乒乓球，邊喊著「喝呀！」邊發球。但她稍微在打法下了點巧思。她切過球的下緣用力揮拍，還讓球產生奇怪的旋轉。乒乓球在我面前彈起，跳向安達。

比起球的軌道，安達的誇張動作更加影響我，因此我沒能將乒乓球打回去。

「唔唔！」

我感到疑惑，還有安達難得露出滿臉的稚嫩表情令我印象深刻。

「我昨天上網查過資料。不過因為家裡沒球拍，所以我拿飯匙練習。」

安達轉著球拍，因為新發球方法成功亮相而得意洋洋。雖然讓我更驚訝的是安達居然這麼喜歡打桌球，但我故意假裝不關心她喜歡打桌球這點，表現出不甘心的樣子。

「太卑鄙了，居然對外行人使用變化球。」

「是沒有上進心的島村不對。嘿！」

安達再度以奇怪的姿勢發球，但這次似乎切得太低了，乒乓球往她自己的方向飛，碰上牆面後彈了回來。安達撿球之後搔了搔額頭，一邊讓乒乓球在球拍上彈跳，一邊表明真相。

「以我現在的水準來說，十次裡還只有一次球會直直地往前飛。」

「妳學到新招式反而變弱了啊？」

我該不會什麼都不用做就能贏吧？啊，這次也失敗了，球飛往毫不相干的方向。彈飛很遠的球撞到其他球桌與地板。若以球網為中線，球是飛到我這一側，所以雖然是安達發球失敗，卻是由我去撿球。同一時間，樓下傳來聲音。

心臟如同被針扎般怦然一跳。身體的動作迅速停止，乒乓球因此越滾越遠。安達的反應也大同小異。聽得到女生講話的聲音。安達繞過球桌來我這裡，所以我們一起觀察樓下的狀況。對方要是上台仰望二樓，就會和我們的目光相對。雖然扎進心臟的針已經融化消失，但肌膚因緊張而變得敏感。

看來這堂課是體育課。同班的女生正在準備打排球需要的用具。我之所以立刻知道是同學，是因為看見朋友。日野與永藤正在搬球柱與球網。我與安達之前只是坐著閒聊，所以有人進入體育館也不會這麼驚訝，也因此幾乎不記得課表。
我們摀著嘴，偷偷摸摸地蹲坐下來。我擔心有人會對依然在地上輕輕彈跳的乒乓球聲音有所反應，心臟跳得好快。
『慘了～心臟跳得好快。』
安達看起來很開心地輕聲搭話。我輕輕以手肘頂她一下，笑她是個輕率的傢伙。
『有人上來的話怎麼辦？』
安達聽我這麼問，便維持摀著嘴的狀態露出笑容，看向上方。
『打開窗戶跳下去逃走吧？』
『咦，慢著，這裡是二樓耶，不會摔斷腿嗎？』
我對安達的提議露出難色。我沒看過外面樓下有什麼東西，所以會怕。雖然有種不過就是玩笑話而已我何必當真的感覺。安達輕哼一聲點了點頭。
『意思就是島村缺乏鈣質囉。』
『這個解釋真讓人火大！』
像我這樣生氣的同時，或許就表明了我缺乏鈣質。
隔著背靠的這面牆，感覺得到同學們在閒聊。老師似乎還沒來，沒人打斷他們的交談。日野與永藤不曉得我跑去哪裡蹺課，應該想像不到我們在同一棟建築物裡吧。這麼想就覺得有點愉快。

兩人一起蹲下來藏身，有種做壞事的感覺。蹺課當然是壞事，但是和安達共同背負這件壞事，快樂得恰到好處。不曉得我是因為對方是安達才沉迷翹課，還是單純陶醉於踰矩的快感之中。

我立刻就得出答案，卻刻意含糊帶過。

橘色乒乓球不知何時滾到牆角，安分了下來。

『今天吃午餐的時候偶爾來喝個牛奶好了，以免跳樓的時候摔斷腿。』

安達掛著不曉得是否當真的表情，訂下這個計畫。

當然，今天不可能就是安達所說的「下次」。

這天放學後，安達照例不知何時回去了。她之前提到，太早回家會被母親嘮叨，所以我想她大概是上街閒晃打發時間。

我和昨天一樣，從下午開始正常上課，之後和日野、永藤一起去書店。書店和我返家的路完全相反，所以我平常不會陪她們一起去，但今天想看一些資料。只是我沒去那一區看過，不知道是否有這種書。

「有耶。」

我看著運動書籍區的書架，抽出桌球講座的書。既然安達查網路，我就查書。翻到封底

確認價錢，真心話不由得脫口而出：「好貴！」

我了解到為什麼網路會流行起來了。畢竟便於搜尋，又不用花太多錢。

「在看什麼？」

日野來到身旁看向我手邊。明明剛才在書店入口就分頭逛了，似乎是看到我在這兒就湊了過來。我懶得隱瞞所以給她看封面，她歪著頭說：「島村妳想加入桌球社嗎？」但我們學校根本沒有桌球社。

日野是外型堅持走低調路線的同學。沒染過頭髮，也沒偷過東西，看起來應該也沒扯過別校女生的頭髮。不過後面兩件事我也沒做過。

該說眼睛又大又圓的她很討人喜歡……還是該說揮拍時會脫口加上特殊揮拍音效的她很單純呢。她配合度很高，只要誇她幾句，可以讓她當場做出後空翻之類的動作。此外嗜好是釣魚，經常怨嘆校內沒有同好，不過這又是另一個話題了。

「所以，為什麼研究桌球？週五 ROADSHOW（註：日本專門播放電影的節目）有播《乒乓》這部片嗎？」

「不，我不是受到什麼影響才研究桌球啦，只是隨手拿起來看。」

這件事很難說明，不對，也不是很難說明，但我有點說不出口。我把一頁都還沒看的桌球講座放回書架上。我還是也靠網路查資料吧。感覺會被安達說：「喔，學我！」所以我現在就突然覺得有點惱火。既然生氣到這種程度，到時她沒這麼說反而會令我很為難。

「喂～別扔下我啦～」

連另一個以故作生硬的語氣訴說自己存在的傢伙也過來了。

永藤是戴眼鏡的波霸。感覺不太需要其他說明了，但她穿便服的時候，大多讓垂在兩側的髮梢落在胸部上。她的直髮柔順光滑，捧在手上很舒服。

如同和胸部尺寸成正比一般，她的態度也成熟穩重。不過有點笨。

「所以，妳們在聊什麼？」

「別在意。」日野拍打永藤的胸部。「知道了，那我就不在意。」永藤也說著拍打日野的頭反擊。日野和永藤似乎從國中時就是朋友。另一方面，我上高中才認識他們，所以雖然是朋友，距離感卻有微妙的差異。不過距離這種東西並不完全是越近越好。有時過於靠近會產生反彈，甚至因此讓關係惡化。

「請解釋妳剛才很自然地做出性騷擾行為的理由。」

「因為永藤太在意了，所以想說讓妳放鬆一點嘛。」

日野毫不膽怯。我不曾看過她展現膽怯的模樣，真有正義感啊。不，這應該也不算有正義感吧。

「是這樣嗎？」

永藤聽完雖然稍微害羞地往下看，卻也微微點頭。

「比較大的話會吸引男生的視線啊，當然會在意。」

永藤雙手抱胸像是要遮擋自己的胸部。當然完全遮不住。

「我覺得同一間教室的男生應該已經在幻想中揉過永藤的胸部至少十次了。」

「唔哇……那還真噁心，嗯。」

永藤聽我說完有點不敢領教。其實我想應該是更露骨的幻想，但我不想在這種地方聊猥褻話題，所以含糊帶過。我朝放回書架的桌球書一瞥，吐了一口氣。

「這就像是名人稅那樣的東西嘛。」

日野說著，以拍肩膀的調調拍打永藤的胸部。「喔，我拍錯地荒」日野這句話還沒說完就被永藤拍頭，因而吃螺絲。

這兩拍都發出輕佻的聲音。我慢慢逃走，以免被當成和這兩人一夥。

雖說逃走了，但走出書店時又是三人同行。畢竟要是真的逃跑了對她們也很過意不去。

「雖然島村經常蹺課，不過妳蹺課都在做什麼？」

走在旁邊的日野，抱著裝入新買雜誌的袋子這麼問。永藤也看向這裡。看來她們雖然是正經學生，卻多少對此感興趣。但我也沒必要特別說明。我待的地方沒有迷人到足以將這兩個上課時和睡魔對抗的朋友拖入歧途。

那我為什麼要待在那種地方？我也不是沒這麼想過。

「做什麼喔，就是悠哉地打發時間而已。睡覺、發呆，或是玩手機。」
我沒說打桌球。「真自由耶～」日野說道。但看起來沒有感到羨慕的樣子。
「學校有這種地方？感覺躲在哪裡都會被老師找到耶。」
永藤感到詫異。只會利用學校平凡場所的優等生，應該想像不到適合捉迷藏的地方長什麼樣子吧。我覺得永藤她們應該繼續當這樣的好學生就好。
「啊，我大概知道在哪裡了。」
「咦？」
日野頓悟。雖然我不知道所言是否屬實，卻感到驚慌失措。
「改天找找看吧？」
隨即永藤看起來很開心地如此提議。「別這樣……」為了不讓她們真的來找，我帶著苦笑勸說她們。真被找到的話會很傷腦筋。
那裡只有我一個人就算了，但現在還要顧慮到安達。
「話說回來，我上週日在釣魚池遇到一個怪孩子喔～」
日野不知為何唐突地如此炫耀，令我傻眼。這傢伙不曉得究竟是第幾次這樣炫耀了。
「妳是不是老是遇到怪人啊？」
實際上，日野以此為開場白介紹的傢伙真的都很怪，所以才令人驚訝。她是不是命中註定會一直遇到怪人啊。雖然這麼說的話連我也算是怪人之一了。

「總比遇見變態好吧。」

永藤講得像是在打圓場。的確是比遇上變態好啦，不過日野，這樣沒問題嗎？

「我上次見到的孩子啊，穿著像是太空服的服裝……」

既然日野興高采烈地開始說明了，那應該沒問題吧。那就好那就好。

我漫不經心地聆聽日野介紹這個怪孩子，走回學校，接著總算踏上原本上下學時走的道路。因為日野與永藤搭公車上下學，所以我們會一起走到公車站牌，之後我再獨自走回家。家裡不僅只有一輛腳踏車，而且還被母親作為代步工具使用，所以我幾乎沒騎過。母親原本就是運動健將，加上會去健身房健身，因此騎起腳踏車異常快速，甚至還被拿來當成市內怪談的題材。

「快，快看那邊！」

大約在通過了加油站前面的時候，日野突然指向前方，在確認我們的視線沿著看去之後便立刻收手。我一邊想著是怎麼了，一邊凝神注視之後驚呼一聲。

是安達。

安達沒教養地坐在分隔車道與人行道的護欄上。她把外套脫了，上衣也拉出來，是平常那種服裝不整的模樣。大概是因為很在意瀏海的位置吧，她正看著手上的鏡子撥弄著頭髮。

要是往後倒，一定會摔到車道上。比起教養，我更擔心這一點。

旁邊停著一輛藍色骨架的腳踏車，似乎是安達的。

我現在才知道安達原來是騎腳踏車上下學。

安達也發現了我們。日野發出「哇」的聲音，微微被她的視線嚇到。日野與永藤應該沒和安達說過話，也應該不曉得我和她是朋友。將她的視線解釋為是在瞪人也不奇怪。考慮這樣的狀況，接下來該怎麼辦？

我幾乎沒想過會在體育館外面遇見安達。這種時候該怎麼做？安達也看向這裡，卻沒有採取什麼行動。她大概也正感到不知所措吧。

總是不知所措地相互注視也很奇怪，所以我移開了視線。

最後，彼此裝作不認識。

我刻意不去在意安達，直接經過她面前。安達也沒向我搭話。不知道她有沒有對我無視她這件事感到生氣。我轉頭向她看去，隨即和她四目相對，幾乎在同時錯開目光。

「……………」

這種難為情又靜不下心的感覺是怎麼回事？又不是瞞著旁人交往的情侶。不過有可能感覺上就是類似那樣。

「剛才那是誰？大約四月的時候有在教室看過她吧？」

永藤一邊將垂下的頭髮撩到耳際一邊詢問我。喂喂喂，妳又來啦？

「妳每次看到那個傢伙都會問她是誰啊。」

日野如此指摘，永藤隨即歪過頭說「是嗎？」。嗯，她果然有點沒在動腦。

「那傢伙是……安達。班上同學。」

「完全是個不良少女啊，還是老師公認的。」

日野補足我的簡略說明。沒被公認的傢伙應該就不算不良少女了吧。

「是喔～不良少女啊。是島村的同伴嗎？」

「誰知道呢。」

就永藤的角度來看，我也是不良少女。差別只在於偶爾會來上課的不良少女是我，完全不來上課的是安達而已。也就是說根本就沒有正經的不良少女存在。

不過，其中有著微妙的差異。雖然安達給人的印象是不良少女，但我給人的印象免不了就是看起來呆呆的。就像是整天悠閒曬太陽的蠶蜥，呆呆的在蹺課的感覺。

而這位不良少女安達到底在這種地方做什麼？

我假裝不經意地再度轉頭一看，安達卻已經騎著腳踏車離去。

隔天，星期三。一個星期沒有那麼快就結束。這天安達遲遲沒出現。

即使別班前來上完第一堂課的體育課，我依然獨自待在二樓。今天是陰天，不會有陽光從窗戶射進來。因為氣候舒適，所以就算發呆也不會太痛苦。

但持續發呆到第三堂課的話，再怎麼說還是會覺得很閒。看一下時鐘確認第三堂課都開始了也沒人來上體育課以後，我握起桌球球拍，並撿起一直放在地上的橘色乒乓球往牆壁上打。乒乓球彈地一次之後撞到牆壁反彈回來，然後再打回去。記得這好像叫做對牆練習吧。

這樣暗中練習可以拉開我和安達的差距。雖然安達昨天就是因為執著於奇怪的發球反而讓自己變弱了。我頻頻將球打回牆面，不時看向階梯與階梯轉角處。

安達不來嗎？自從在這裡相遇過後，她幾乎每天都來，所以偶爾不來會令我靜不下心。加上昨天放學後發生那件事，我大概會過度地——肯定會過度地擔心。

要是因為昨天的巧遇導致安達不來這裡，雖然不可能一輩子，但我想我至少會後悔半年左右。半年過後就會重新分班，記憶也會如同墨水般逐漸淡化。

我至今也和許多人以及朋友道別，忘記曾發生的各種事情，而如今又結識了安達、日野與永藤。臉探出海面呼吸一次之後，深深下沉。在各種東西從身邊消失，開始喘不過氣之後，再度朝著海面上浮。對我來說，人際關係就是這種感覺。

「……喔喲。」

聽見了有人上樓的聲音。我停止打乒乓球，保持直立姿勢直到確認對方是誰。可能是安達，也可能是老師。雖然覺得是令人緊張的一瞬間，但其實因為室內鞋發出的獨特聲音，我立刻知道走上樓的是學校的學生。

上樓的果然是安達。她看見我之後，露出放心的表情。和往常不同的是她今天沒揹著書包。

「喲，今天來得真晚。」

「啊，沒有啦，我原本已經打算要回家了，想說先過來看看。」

安達搔了搔頭髮這麼說。雖然她說要回家了，不過現在還不到中午耶。而且這時候就說要回家，那代表她應該更早就來到學校了。

「何況還聽到打桌球的聲音。」

安達坐在老位置，看向我的手。

打球發出的聲音，大到在那麼遠的地方也聽得到嗎？

我放下球拍與乒乓球後也坐了下來。我看著安達，跟她說：

「昨天我看到妳在那裡。」

「嗯，是啊。」

我們像是簡單確認般相互點頭，接著產生微妙的氣氛。像是小學時代全家外出聚餐，卻發現同學也在同一間店那時候一樣，有種奇妙的感覺。

這種對話與意識的停滯，在我和安達之間莫名地頻常發生。或許是因為還沒決定要和安達成為何種程度的朋友才會發生這種狀況。即使統稱為朋友，位置或距離也會因人而異。

「書包呢？」

「腳踏車籃子裡。帶著太麻煩就先放在那兒了。」

看起來她似乎也沒把錢包跟手機帶在身上，大概是打算立刻回去吧。

即使如此還是很危險。要是我這麼講，似乎會被她笑說：「妳是我媽啊？」

「我第一次知道妳騎腳踏車上下學。」

「我沒說過嗎？而且我經常拿腳踏車鑰匙轉著玩耶。」

安達以鑰匙環為中心，讓手中的鑰匙不斷轉動。她的鑰匙圈看起來是紫色的……狗或牛吧。雖然看得出是四隻腳，但無法分辨種族。

「啊～好像有吧。我沒什麼注意。」

我說到這裡，彼此都沉默下來。明明應該有其他話題可聊，但即使搖晃腦袋也無法浮現任何話語。我覺得安達也是差不多的情形。我仰望正前方的窗戶，瞇細雙眼。

「那，我回去了。」

安達隨即站了起來。「啊，嗯。」我說著仰望她，慢吞吞點頭。安達把沾上裙子後面的灰塵輕輕拍掉後，邊轉著腳踏車鑰匙邊走向階梯。我不禁心想她到底是來做什麼的。但當然只是來稍微露個臉吧。

「我問妳喔，安達。」

我坐在原地從安達身後搭話。「嗯～？」安達好奇地轉過頭來。

「今天去上課跟今天一起回家，妳覺得哪個比較好？」

我不知道自己為什麼會問這種問題。但我心中有好幾個空白，而且成為內心的器官在運作著。其中的數個空白，對我訴說這樣無法滿足。

近似飢餓感的這種感覺，默默促使我這麼說。

實際上，也可能單純是因為午休將近所以覺得餓了。

安達有些驚訝。但這股驚訝如同風吹過般消失之後，她沒有煩惱太久。

「……那在放學之前我先找個地方隨便打發時間吧。」

安達選擇後者。也是啦，她不可能去上課。我忍不住笑了。

如果從一開始就知道答案的話，二選一就沒有意義了。

「我會在昨天那裡等妳。」

「嗯，知道了。」

安達向我揮手，所以我也跟著向她微微揮手。

在校外打發時間之後一起回去，感覺挺奇怪的。

絕對很奇怪。但這個提議莫名有趣，讓我覺得很興奮。我笑著目送安達。

雖然我總是希望能早點放學，但這個願望在今天增強了兩成。

永藤有參加社團，所以沒加入任何社團的日野與我，兩個多出來的人常常會先行回家。

但今天連我都有別的行程，所以我說聲「先走了」之後便留下日野一個人。

「啊～我心中的小兔子快死掉了～」

雖然日野如此宣稱，但我們還是在鞋櫃處道別。

日野與永藤的優點，在於雖然會給予忠告卻不加以干涉。不會想多管閒事讓我改頭換面，是放任壞蛋擅自亂來的那一型。

我穿上鞋子走出校舍一看，戶外開始下起濛濛細雨。我心想這下子慘了，當然腳步也因此加快。因為我沒帶傘，所以到了出校門的時候已經是用跑的了。

不知道安達是不是已經在等我了。想到這裡就覺得讓她等待很過意不去，即使沒下雨，我大概也會用跑的。並不是期待她在等我，是因為這是一種禮貌。

就這樣超越幾個穿制服的男生經過加油站以後，我看見了安達的身影，複雜的情感在心中來回。看到她在等我，感覺好像鬆了口氣，卻又好像覺得對不起她。

安達很有規矩地在小雨中撐傘等我。安達有帶傘這件事也讓我嚇了一跳。

「用不著連姿勢都一樣吧？」

看見用跟昨天一模一樣的姿勢坐在護欄上的安達，我忍不住笑了出來。我有點喘地往她的方向跑去，安達隨即發現了我而從護欄上下來。她抓著腳踏車的龍頭等我。

我跑完最後一段路，明明還沒回到家，卻在心裡偷偷喊著「抵達終點！」。

「抱歉，下雨了。」

「不不不，會下雨又不是島村的錯。」

安達露出不好意思的表情，接著說了一句：「幫我拿。」而將傘遞給我。清空雙手的她，踢開腳踏車的腳架之後轉過頭來看向我。
「島村家在哪個方向？」
「這個方向。」我筆直指向道路。
「啊啊，果然……」
安達面露難色。我以眼神詢問是不是哪裡不方便。
「沒有啦，想說和我家的方向差很多。」安達說。
她指著和我家相差約七十度的方向。我們國中學區不同所以理所當然，但確實差很多。
若要回安達家就沒必要來這裡。
那她昨天為什麼在這裡？我不知道的事情果然多到堆成了一座好大的山。
「要先回誰家？」
「這問題真新穎。啊~那麼，先回安達家吧？」
她這麼問，我這麼答。無論先去誰家，另一個人都會因此繞遠路。剛才讓安達在雨中等待，所以我提議讓安達優先回家。安達也沒特別反對，騎上了腳踏車。
「要站後面嗎？然後妳來撐傘。」
安達輕踢後輪。這個提議不壞，但我打趣勸誡她。
「不可以雙載喔~」
「有什麼關係，反正是不良少女嘛。」

「說得也是。哎呀～不良少女好處真多。」

「沒錯沒錯。」

我很乾脆地認同並站上腳踏車後方。腳踩在車輪兩側，一手放在安達肩膀，另一隻手則負責撐傘，接著說聲：「可以了。」安達隨即踩起踏板。剛開始似乎不好踩，但腳踏車速度穩定之後，安達也得以順暢地踩下踏板。

我俯視安達的頭。頭髮和臉蛋搭著看來很美，但映入眼簾的只有頭髮的話也挺奇特的。看起來像是毛茸茸的生物。我的頭也差不多是這樣嗎？

如果其中一人是正經八百的優等生，應該會說：「不可以這樣！」然後燃燒熾熱的友情讓對方回歸正途，但我們都是不正經的人啊。

反倒是越陷越深的感覺。

此外，這把傘撐的位置太高，感覺沒能擋雨。

「原來島村有朋友啊。」

安達沿著我跑來的路往回騎，看著前方對我說話。

聲音聽起來溫和，卻有點缺乏情感。是因為聲音來自比較低的位置嗎？

我有預感要是我回答得不好，氣氛可能會因此變得尷尬。雖然我也不曉得為什麼會這麼想。

「還有 UNIQLO 跟H＆M也算是我的朋友吧。」

我討厭這個姓氏，卻主動當成搞笑題材。安達肩膀微微晃動，似乎在笑。
「我一直以為妳是因為沒朋友才會待在那種地方。」
安達難得聊起關於「我」的事情。還是說這種解釋就如同是在述說她自己呢。我也向她詢問關於「安達」的事。
「安達呢？有朋友嗎？」
「嗯……就只有島村吧？」
「好少～」
我嘴裡這麼說，內心卻有點高興。不過以安達的角度來說，應該不是值得開心的事。
腳踏車在前方轉角處突然轉彎。安達以平常的感覺騎車，但因為增加我的重量，所以車身有點不穩，稍微搖晃了一下，側面差點撞上建築物外牆。
安達穩住車身之後往上看。她明明在騎車卻完全不看路，抬頭看向我。
「怎…怎麼了？」
安達沒立刻回應，就這麼仰著上半身筆直騎車。我很想代替她看向正前方確認路況，但她的凝視使我難以移開目光。
「剛才島村跑過來的時候，我就在想……」
「呃，嗯。」
「島村很像貓呢。」

安達下方傳來腳踏車輪胎「喀啦啦」的轉動聲。
「貓嗎？」
「不是人類。」
也太慘了。我跑起來到底是什麼樣子啊？還是說問題在於臉？是臉像貓嗎？
「我哪裡像貓？」
「感覺不會和別人太親近這點。」
「……是這樣嗎？」
「不就是這樣嗎？」
不會聊自己與對方私事這點很像貓。
感覺安達的眼神在對我這麼說。手指抓著她肩膀的力道不禁因此加強了一點。
我覺得自己是有著不肯打開心房的一面。不過無論是誰，肯定或多或少都有這一面吧。
這是理所當然的事。或許我這種想法就是我被評為不親近人的原因。
但是我覺得安達應該也大同小異吧。
不過我也沒養過貓，所以不曉得安達的說法到底是真是假。
「我覺得我如果不會和人太親近的話，應該也不會和別人一起騎腳踏車了吧。」
「大概是因為妳把我看成貓之類的生物吧？」
安達說到這裡總算看向前方。雖然恢復為安全駕駛，但我沒有鬆一口氣，反倒有一股不安情緒糾結。我實在不擅長應付話題完全圍繞在「我」身上的場面。

就像是移開目光一樣，讓內心也稍微逃離這個話題。逃向安達的話題。

安達也像貓吧。體育館的二樓，悄悄藏了兩隻貓。

躺在有點悶熱，卻有陽光射入的窗戶前面。

對不斷彈跳的乒乓球有所反應、追著球到處跑的樣子，確實很像貓。

「我不知道回去的路怎麼走，畫一張到學校的地圖給我吧。」

「啊，果然會變成這樣。」

安達很乾脆地接受我不經大腦的要求，從自己書包拿出感覺會積了一層灰塵的文具與筆記本。我反倒佩服她居然帶著這些東西。

花費約三十分鐘抵達的安達家，好白。不，我是在說牆壁。建築物左側是停車場，目前屋簷下連一輛車都沒停。雖然被外牆遮住幾乎看不見，但看得見裡面綠色的曬衣竿一角。

從玄關正面看出去是農田，三四塊農田橫向相連。在田地正後方有座像是工廠的巨大建築物，令人感受到鄉村氣息。我家附近也差不多是這個樣子。

以前農田更多，路旁甚至很少看見民宅，青草味濃得嗆鼻。現在變成幾乎都是住家，農田反而罕見。

小學時代曾畫過走在田埂邊的圖，但那種景色如今已不復存在。
「來，畫好了。這是我騎車經過的路，所以島村應該也能走。」
「妳那是什麼意思？是想說我比腳踏車還寬嗎？」
「如果兩手往旁邊伸直應該就會比腳踏車寬了吧？」
安達笑著遞給我那張畫在撕下來的筆記本內頁的地圖。誰會用那種姿勢走路啊。我看著收到的地圖，用手指沿著回到學校的路線劃過去。接著我發現，有這張地圖就能自己來安達家了。
不過應該很少有這種機會吧。明明不知道安達是否在家，跑來要做什麼。
「有淋溼嗎？」
安達摸了摸我的肩膀與頭髮。
「還挺溼的嘛。」
「畢竟途中開始雨勢也變強了。」
安達也是瀏海溼到貼在額頭。她大概是察覺到我的視線，撥起自己的瀏海。露出額頭之後，給人的感覺和平常有點不同，看起來更加成熟。
「要進來嗎？至少可以借妳一條毛巾。」
「嗯——不用了。落湯雞進屋也會造成安達的困擾。會吧？」
我好像在將拒絕的理由硬塞給安達一樣。安達苦笑。

「會跟人保持一定距離這點，啊～很像島村的作風。」

我有些不悅。她這樣斷言，會令我想要反抗。雖然我自己也覺得這是壞毛病。

「那我還是進去吧。」

「居然說『那我還是進去吧』……啊啊！妳給我滾！」

被趕走了。居然在我改變主意的時候拆橋，安達也挺過分的。

心想算了不管她，就沒跟她計較太多，準備回家。但安達又把我叫住。

「島村，傘。」

安達遞出剛才用的折疊傘。

「沒傘很難回去吧？」

「那我借走了。明天還妳。」

「我明天有去學校的話再說吧。」

很像安達會說的話。我揮動接過的傘代替手來致意，離開安達家。

腳踏車雙載要三十分鐘。假設正常騎車是二十分鐘，走路大約會花上兩倍的時間，所以是四十分鐘。走這麼久回到校門口之後，再花二十分鐘走回家。合計一小時。

「要走好久……」

「島村。」

有人從上面叫我。抬頭一看，我隔著傘看見安達。她在家裡的二樓。

似乎是匆匆忙忙上樓之後，從臥室窗戶探頭出來的樣子。她還真奇怪。讓我不禁笑了出來。

「怎麼了？」

「那個……先接住毛巾。」

安達把毛巾扔了下來。因為想在毛巾掉到潮溼的地面前接住，所以我扔下傘張開雙手去接。上方傳來小聲說著「這樣就沒意義了啦」的聲音，但我還是勉強平安地接住了毛巾。

我撿起傘甩掉水滴，再用毛巾擦臉。淡黃色的毛巾似乎剛洗過，上面沒有安達的味道。

「嗯。」

「謝啦～」

雖然我根本不知道安達的味道是什麼味道。

「…………」

「…………」

她剛才說「先」，我以為她還有其他話要說，就一直仰望著安達等待她的下一句話。但安達只是托著臉在窗邊俯視我，沒有開口的意思。只有雨聲持續響著。

我以借到的毛巾擦拭頭髮，心想明天還她時，安達開口了。

「對不起。」

「嗯？什麼事？」

「害妳繞遠路，我覺得很抱歉。」
她面不改色，令我質疑她是否真的這麼想。
「我送妳回去吧？送到妳家。」
「咦？不不不，這樣一點意義都沒有啊。」
那我為什麼要特地來安達家啊。不，老實說，我也不曉得自己是為何而來的。「說得也是。」安達面不改色地點頭，再度沉默。
和安達之間這種空白的時間，令我靜不下心。感覺非得說些什麼，卻也想趕快離開。而這次我完全想不到該說些什麼，所以選擇後者。
「那我走了。」
「嗯。大概、明天見。」
安達直到最後都是說「大概」或「如果有去」，不清楚講明會不會去上學。
二樓窗戶關上之後，我也踏出腳步。我把毛巾掛在脖子上，會不會有點像中年大叔啊。
「……好怪的一天。」
明明不上課卻花上二十分鐘騎腳踏車來學校時，安達心裡在想什麼呢？
我沿著比平常還遠的歸途行走，同時也有點在意安達的想法。
今天，聊了關於朋友的話題。
下次或許該聊聊有關學校的話題。

「結果隔天安達同學依然若無其事地來學校了。」

「畢竟我是優等生嘛。」

這個人在說什麼傻話啊。我回擊乒乓球，並以冷淡的目光回應。

如此稀鬆平常的週四已過上午，現在是午休時間。

正當我想著打完這局就和之前一樣去買我跟安達的麵包時，聽到有兩個很有精神的說話聲與腳步聲進入體育館，而且朝二樓前來。

「妳聽，二樓有聲音啊。」這句說話聲隨著腳步聲一起上樓。我對這個聲音有印象，當我想著該不會是她們時，那兩個傢伙就現身了。我的表情不禁變得僵硬起來。

「唔呃！」

「妳這什麼意思啊，看到朋友居然發出『唔呃』的聲音。」

日野與永藤大步走來，手上提著購物袋。但她們一發現安達在場，這股氣勢立刻萎縮。日野發出「唔唔」的聲音，交互看著我與安達。

安達似乎也很困惑地看著我。我很想叫她們不要只注視我，卻無法如願。總之我先靜靜放下球拍，坐在老位置上。

「妳自己一個人在冷靜什麼啊？」

日野說著也坐到我身旁。永藤坐在另一邊，把我夾在中間。只有安達依然站著把玩側髮。我招手示意，安達苦惱地搔了搔太陽穴。「安達。」我這麼一叫，雖然她一副愁眉苦臉的樣子卻還是走了過來，在和我們有一段距離的地方坐下。她的老位置被永藤占走了。

「為什麼知道我在這裡？」

「看妳在書店翻桌球的書，所以覺得應該是這裡。」

「哎呀呀……」

是我的錯。我感覺對不起安達，以眼角餘光觀察她的反應。安達擺出一如往常若無其事的表情看著我們，看起來完全不想加入我們的對話。

日野拉我的衣袖，低調詢問。

「那邊那一位是安達同學？」

明明本人就在場，直接問她不就好了。

「不管怎麼看都是安達啊。」

「對喔對喔，是安達同學。」永藤點頭回應。這傢伙又忘了？

「妳們是朋友？」

「嗯，算是吧。」

這次不能假裝沒看見，只好承認。日野隨即一副詫異的模樣。

「咦～那週二的時候……哎，算了。」

日野欲言又止，最後吞回要說的話。永藤朝她一瞥之後，開始對安達進行自我介紹。
「我是永藤。」
「我是日野。」
日野也跟著做自我介紹。要自我介紹無妨，但對方明明是同學，為什麼客氣成這樣？
安達依序指向兩人，說出她們的姓氏。
「永藤跟日野。我記住了。」
講得像是晚點會去還願一樣。日野她們有點不敢領教。
「請多指教。」
安達簡短作結之後靠在網子上，面向正前方牆壁不再開口。洋溢孤傲氣息的態度與表情，使得日野她們也不敢隨意搭話。
「啊，我們買了麵包過來，想說和妳一起吃。」
「老師不會來這裡嗎？這裡明明會上體育課，居然沒被發現。」
所以，我落得必須應付兩人。真希望她們不要從兩側夾著我，以立體聲道說話。
我會不知道該先應付哪一邊。
呃，先吃麵包吧。
我將手伸進日野手提的塑膠袋，拿出放在最上面的麵包。「感謝感謝。」我道謝並且啃兩口之後，回答永藤的疑問。

「因為樓下在上課的時候，我會靜靜坐著。」

「這樣啊。不曉得該說大家粗心呢，還是眼睛瞎了。」

永藤以佩服的態度及語氣數落。這傢伙的言行態度有稜有角。

明明胸部就有著明顯的曲線。

「安達要吃哪一種？」

話鋒轉到安達。安達看著正前方，只有開口回應。

「島村愛吃的就好。」

「嗯。那就這個。」

我把雞蛋麵包輕輕扔過去。安達接過麵包，不知道向誰說了一聲謝謝。

永藤她們也各自拿起麵包與飲料慢慢吃。日野與永藤很健談，會將話鋒轉到我身上，卻未曾對安達說話。安達也是絲毫沒有主動接近過來的樣子，所以我夾在兩人中間，以受到拘束的感覺啃著乾麵包。

這頓午餐似乎會消化不良。

持續吃著麵包直到吃完之後，似乎耐不住無聊的日野開始騷動。

「可以打桌球嗎？應該說來打吧！」

日野拉著我的手邀我打桌球。我看向安達，並支支吾吾地說：

「我還沒吃完，等我吃完再說吧。」

永藤手上的麵包也吃光了。
是我與安達的動作太遲鈍了嗎？
「那麼永藤，來打吧！」
「可以是可以，但要賭什麼？」
「咦，一定要賭東西嗎……」
兩人說著拿起我們平常用的球拍與乒乓球。我對此感到不協調，心裡像是覆上了一層霧靄，卻也心不在焉看著兩人打球的樣子。
日野一邊打桌球，一邊對我說話。
「島村，星期六有空嗎～？」
「這個星期六？」
「對。嘿！」
日野伸長手臂，將在桌角彈起的乒乓球打回去。永藤用力回擊。
「那天是沒什麼事啦。」
「那麼，上次提到那個穿太空服的孩子，那個傢伙很有趣，要不要去見她？」
「結果妳只是想約我一起釣魚吧？」
「不不不，釣魚只是順便。我跟她聊到島村，她說她想見妳。」
究竟是怎麼聊的？若只是普通地提到我的事情，怪人肯定不會對我感興趣。日野忙著打桌球，我看不出她是在哪方面如何加油添醋。

「帶永藤去不就好了？」

「我有社團活動嘛。」

講得像是別把她和閒人相提並論。雖然我覺得社團活動也只是在消磨閒暇時間而已。

「所以島村，一起去吧～」

「嗯……好吧。週六是吧？」

「好耶好耶！」

日野說著便使出全力揮拍，並且豪邁地揮空了。

我看話題告一段落，朝安達看了一眼。安達拿著咬在嘴裡的麵包發呆。

我與安達都不是多話的人。如果別人在講話，就必然變得沉默寡言。

但安達這次不是這麼回事，她像是在看著遠方，沒有看著任何人。

我從她的目光感受到不安與某種預感，輕輕嘆口氣。

隔天，星期五。因為即將放假，所以是非假日之中最喜歡的一天。

安達和星期三一樣沒來。我從昨天就隱約有這種預感。日野與永藤對安達造成某種影響，使她不再來到這裡的預感。

即使今天等到午休時間、即使午休過後也一直等下去，大概也見不到安達吧。或許她再也不會來這裡了。要是在這裡見不到安達，遇見她的機會應該會驟減。運氣不好的話，也可能直到畢業都碰不到面。

「運氣……不好啊。這樣啊……」

遇見安達是運氣好。換言之，對我來說是好事。也對，畢竟安達是朋友，見到朋友會產生負面的感覺也不太對。正因為感受到某種正向要素，我與安達才會聚集在這裡。這一點肯定沒錯。

感受到的這種要素，在日野與永藤來到這裡之後就被沖淡，並如煙霧般消失無蹤。安達在鬧彆扭。應該說……肯定有類似而且更巧妙的形容方式，我卻怎麼都想不到。總之，我覺得她是因此而避開這裡。

我察覺到這一點，卻絞盡腦汁也想不到如何形容，心情無法舒坦。

對於安達，我不知道的事堆積如山，有時候會因而覺得著急難耐。

多少知道的，只有關於我自己的事。

昨天，我看著日野與永藤打桌球的樣子，深刻感受到這一點。

我尋求的並不是那種光景。

感覺乖乖穿上運動服、經過他人同意打起桌球的景象有點突兀。

這裡不是四人熱絡玩樂的場所。我覺得穿著制服輕鬆打桌球的氣氛最適合我與安達。我想，置身於只有兩人相處才營造得出來的獨特慵懶氣息，才是來到這裡的意義。我這麼想，只是這麼想而已，卻又不太確定是否真是如此。

我也還沒有掌握到問題的根本。

不過，日野與永藤來到這裡，的確讓我強烈感受到好像哪裡不太對。

「明天十點集合。遲到的話就不幫妳的釣鉤裝餌，哼～」

「知道了知道了。」

日野百般叮嚀，我隨便打發她。為了見一個怪傢伙去釣魚也挺怪的。我如此心想，離開了教室。今天我拒絕日野與永藤的邀約，獨自回家。

從走廊經過階梯、鞋櫃的這段路，我直盯著筆記本內頁的地圖，反覆思索該不該去安達家，但最後還是決定不去了。我不認為安達會乖乖待在家裡。

我穿越學校大門，專心走路。安達或許坐在經過加油站之後的那個地方，我稍微抱持這種期待，腳步在途中加快，卻沒看見那個沒教養的不良少女，只看見靜靜設置在那裡的護欄。我踩上護欄試著坐上去，卻差點摔到車道上。

在鬼門關前逛一圈的我，放慢速度繼續走。本來在猶豫要不要去加油站旁邊的便利商店看看，不過最後還是打消念頭，橫越眼鏡行那座沒停半輛客人車子的停車場。在有綠色圓柱

狀補習班建築的那個邊角左轉，經過平常和日野與永藤道別的公車站牌時，我感受到一股衝擊。

「咚～！」

「唔哇！」

這股衝擊從後方輕輕撞過來，把我推得往前方踉蹌。我以為被混混或不良少年或不良少女找碴討錢，提高警覺轉身。我的預料有一小部分正確。主要是不良少女這部分。

是安達。她似乎是邊騎著腳踏車邊伸手推我的背。

看來再怎麼說都不會連人帶車撞過來，我放心了。

「抱歉，本來想停下來，但是來不及了。」

「可是妳剛才喊了『咚～』耶？」

安達下車，推著腳踏車走到我身旁。雖然今天在學校沒見過她，但她穿著制服。書包也放在腳踏車籃子裡，還放了一個塑膠袋。

我不經意順勢往前走，安達也跟了過來。

「咦，走這兒沒關係嗎？」

「怎麼說？」

「因為安達家不在這個方向。」

「是沒錯……嗯，總之，就是這樣。」

安達微微收起下巴，卻沒有回頭的意思。大概是上次去安達家，所以這次換去我家吧。這或許是安達消磨時間的方式。

我們默默行走好一陣子。我不時從旁偷看安達的臉。她的頭髮與臉頰輪廓不寬，工整得如同細膩的工藝品。盯著她看時看到她在眨眼，使我確定她真的是活著的人而感到放心。

我注視太久，所以和安達四目相對。

接著，她將籃子裡的塑膠袋遞給我。

「島村，這個。」

「嗯？什麼東西？」

我看向袋子，裡面有麵包。共兩個，一個從形狀看得出是克林姆麵包，另一個是正中央夾著鮪魚還是馬鈴薯等白色材料的鹹麵包。都是學校福利社買得到的東西。此外，袋子底部還放著已回溫的礦泉水，不知道是什麼時候放進去的。當早餐有點多，當晚餐有點不太夠，是午餐的份量。

「原本想在今天午休拿給妳的。」

「午休？」

我試著想像安達在熱鬧的福利社排隊的樣子，感覺好不搭。

但我聽到「午休」就猜出端倪。

「啊，『下次』是吧？」

此時，我今天第一次看見安達露出笑容。看似嚴厲的目光變得如同暮色陽光般溫和。

「多少錢？我付。」

我詢問價錢的同時也準備拿出錢包，安達不打算對我說：「不用了，沒關係。」既然這樣，我決定翻找我的記憶去推算價錢。礦泉水應該是在自動販賣機買的，所以我立刻想起價錢，再來只要回想起鹹麵包的價格就能知道總額。

我以指尖揉著眉心，發出「唔唔……」的聲音。「妳在做什麼？」安達一臉疑惑地詢問。我無視於她，絞盡腦汁去回想記憶中的麵包價格，在差點眼冒金星的時候總算想起來了。

我取出錢包確認錢夠不夠，看來湊得到剛好的金額，所以我準備好硬幣塞給安達。

「麵包跟水的錢。一毛不差對吧？」

我充滿自信，但接過錢的安達卻歪過腦袋。

「不，我已經忘了，不曉得多少錢。」

「什麼嘛，真沒勁。」

我失望地轉開寶特瓶。口中含一口溫熱的水，感覺得到已逝的夏季餘痕。今年暑假也只有懶散度日啊。

我喝幾口之後，將水瓶遞向安達。

「要喝嗎？」

安達接過寶特瓶，一口氣喝了約三分之一。安達拿開寶特瓶喘口氣之後，看著前面並像是感到安心般如此說道。

「幸好島村沒和其他朋友回家。差點就沒辦法拿給妳了。」

但我覺得就算朋友在場，只是拿東西給我應該也不會有問題。我想這麼說的時候，偶然察覺浮現在安達臉上的那個表情。那表情看起來就像個小孩子。安達若無其事的表情，會因為眼角稍微向下、下唇稍微噘起這兩種細微變化而大不相同，如同孩子靜靜地在生氣一樣。

看著她這副表情，我終於想到某個和鬧彆扭很像的是什麼詞了。

就是鬧脾氣這個詞。

這兩個有點像不是嗎。不像嗎？會不會這麼覺得因人而異吧。

安達說過，她只有我這個朋友……換句話說，就是這麼回事吧。

我要是當著安達的面講這種話，她應該會生氣，也不會承認，之後扔下我逕自離開吧。

我也會因此感到尷尬，會有點不敢正視安達。

縱使體會到承認一件事的困難之處，內心因此掀起波瀾，我仍然不時面向前方。

就先弄清楚一件事吧。

「安達。」

安達聽見我叫住她，轉頭看向我。

為了不躲開她的視線，我注視著她，並筆直地指向道路遠方。

「妳會陪我走到我家吧？」

現在的我能問，且現在的安達願意承認的事，肯定只能是這種程度的問題。
若要讓彼此之間往來的乒乓球加上變化，我們還得多加練習。
「嗯，我是這麼打算。」
安達如此回答。「很好很好。」我說著露出笑容。
得準備地圖給她了。我輕輕搖晃塑膠袋。

就這樣，我們四人產生微妙的連結。
雖說如此，卻無法畫出美麗的圓。只是以我為中心畫出扭曲的線罷了。
安達和日野和樂融融地一起前去釣魚的日子是否會來臨，也完全是未知數。
雖然我覺得應該不可能，卻還是抱持著些許期待。
心裡這股小小的興奮，賜給了我一雙翅膀。
「模仿飛機，咻～」
我試著將雙手往水平方向伸直，行走一小段路。
距離開始對此感到難為情，還需要幾步呢？

未來 FISHING

「喔～不愧是島村。簡直是來自思夢樂之國的女人。」
「那種美妙的國度是在什麼鬼地方啊。」
我捏起裙褲褲角，看著自己的衣服，質疑是否真的那麼有思夢樂的風格。老實說我幾乎沒在思夢樂買過衣服，卻只因為姓氏就被當成思夢樂之子看待。
這樣的我在週日，和日野一起來到釣魚池。原本約週六，但因為昨天下雨只好延期。反正我兩天都沒事做，所以無妨。
我完全沒帶釣具，日野的穿著也很普通。我一直以為她會穿釣客大叔那種口袋很多的背心。
只有大大的草帽稍微顯眼一點。她玩著帽簷，一副得意洋洋的樣子。
「妳也可以叫我天才小釣手喔！」
「那是什麼啊？」
「咦，妳不曉得？可恨啊～現代的孩子……」
日野如此嘆息。還沒經過兩秒，她就像是冒出靈感般，恢復開朗表情。
「因為是週『日』，所以和『日』野外出。」
「吵死了。」

表情得意到討人厭的小不點從之前就力邀我來釣魚，我覺得反正沒事做就接受她的邀約，被帶領前來小學後方的此處。這裡和我畢業的小學不同學區，所以我不曉得這裡有這種地方。魚池旁邊有間小商店，販賣學校指定的制服等商品，而我與日野站在這棟建築物的陰影下。秋天的卷積雲與清澈天空一望無際，氣溫很舒適，但陽光依然強烈。看來有帶陽傘來防曬是對的。

「永藤不會來嗎？雖然星期六有社團活動，但是今天她也沒預定行程吧？」

「她說她討厭魚，所以不來。這是她第五次拒絕了。」

日野不知為何很開心地向我報告，還張開手強調是五次。

因為永藤喜歡漢堡排與咖哩，而且咖哩只吃甜的。我再次覺得用魚應該釣不到她吧。不曉得安達會不會喜歡釣魚。我回想起在她喝水時看見的那有透明感的臉頰，有點在意。

「在跳蚤市場向神父買來的三百圓釣竿就獻給妳吧。」

「感謝妳贈送這麼有來歷的東西給我。」

我從兩根釣竿之中接過黑色那根。如同塗黑的樹枝，簡單而細長。如果沒人說這是釣竿，我大概認不出來。日野的釣竿是竹製，比我的短。

「順帶一提，這根是一天五百圓租來的釣竿。」

「租來的？為什麼妳從一開始就帶著？」

「哎呀，真神奇。」

日野只說到這裡。她將手伸進包包開始翻找東西。

「話說回來，島村小妹。」

「什麼事？」

「妳該不會是大喊『我不敢掛餌啦～』而拒絕用手摸的女生吧？」

她從揹在肩上的包包裡取出小盒子。打開盒蓋一看，裡頭滿是活蹦亂跳的蚯蚓在蠕動著。

我被嚇得臉色發青，整個人往後退。

日野捏起蚯蚓，露出像是對我的反應感到為難的笑容。

「什麼嘛，島村也怕蟲嗎？」

「不行，不行，真的不行！」

我反覆搖手。光是沒尖叫，我就算是比較能撐的了。

「真拿妳沒辦法。」

日野收起蚯蚓盒，取出另一個保鮮盒。我不曉得她這次會拿出哪種蟲而提高警覺，但裡面裝著像是黃色黏土的東西。這大概也是一種餌吧。

「我昨天捏了麵團餌，分妳用。」

「麵團？嗯，雖然聽不懂，不過謝謝。」

只要不是生物都好。比摸蚯蚓好多了。

「這個的材料是什麼？」

「麵粉、水、蛋……以及一點提味材料。其實加一點鮭魚卵也還不錯。」

「鮭魚卵？還真浪費。」

如果是我的話應該會自己吃掉。

「此外，為了讓島村釣再多都不會有問題，我準備了比較大的水桶喔。耶～」

日野說著豎起大拇指，遞給我一個金屬水桶。

這傢伙是在挖苦我嗎。耶～

裝好餌之後，我們兩人站在釣魚池周圍搭成的竹臺，一起垂釣。

這裡與其說是釣魚池，不如形容為又大又深的水塘還比較合適，是一個小小的地方。看起來比學校泳池還小。水質混濁，看不見池底。

「既然是這種魚池，感覺跳進去用手抓魚比較快。」

「這樣會被很多水蛭咬，但如果妳想做的話請自便。」

我立刻收回開玩笑作勢要伸出去的腳，放棄投機的做法，呆呆注視水面。撐傘的手像是很快就覺得膩了一樣，一直轉動著傘。

就這樣開始釣魚約五分鐘後。

「話說啊，安達同學是怎樣的人？」

日野突然向我搭話。她毫無脈絡可循就提到安達，我疑惑地心想怎麼回事。

「要說怎樣……很普通？」

「島妹，這樣不算是說明喔。」

別擅自取奇怪的綽號。但這個稱呼或許比較好。

「為什麼提到安達？」

「因為不良少女很少見，所以我深感興趣。」

日野發出「呀哈哈」的笑聲。不過其實安達也沒做什麼會被人稱作不良少女的壞事。她只是蹺課蹺太凶，除此之外和我們沒什麼兩樣。也不曾做過什麼偉大的事。

我覺得她看見蚯蚓，驚慌失措的程度會比我還誇張。

「島村和她的交情最好吧？」

「我覺得沒這回事。」

不過這麼說來，她上次說她只有我這個朋友。

「但果然是這樣吧。」

「妳這人真善變……沒有啦，既然是島村的朋友，我也想和她好好相處。」

「嗯。」

「而且我覺得她既然交得到朋友，就不是壞人。」

「……嗯。」

我挺喜歡日野這種正面的思考方式。不過，安達會想和她交朋友嗎？

我覺得安達應該是生性不喜歡擴充人際關係的人。不像是會對他人打開心房的感覺。雖

然我之前不知為何反被她說是這樣的人，但我想我不是這種人……吧。

除了蟲子，其實我喜愛的事物挺多的。例如喜歡呆呆看天空、愛吃甜食，看到懶懶熊或米老鼠，心情就會平靜。

……咦，我舉的對象都不是人類。剛才的話當我沒說過吧。

「所以，快聊聊安達同學吧。」

「唔～我不知道該說多少……何況我也不是很清楚。」

比方說，我不曉得安達在今天這種日子會怎麼過。

所以我只說一些無關痛癢的情報。像是她愛吃的東西、家住哪個方向。

「安達愛喝水，飲料大多是礦泉水。好像不計較品牌。」

畢竟種類也沒多到可以自由挑選。高中自動販賣機只賣水晶高山泉水，所以她只喝那個。

「原來如此，原來安達同學是納美克星人啊。」

「雖然我沒看過她的手可以再生就是了。此外她家在那個方向……」

我不曉得安達想保密哪些事，所以界線很模糊，我很懷疑光是這些情報能作多少參考，但日野很來勁地不斷點頭回應，所以我也勸自己不要想太多。她的方針大概是想買安達喜歡的東西送她吧。這種收買她的方式行得通嗎？

這麼說來，記得日野邀我釣魚的理由是「有個怪傢伙常來釣魚池，想讓我見那個傢伙」。

也就是說釣魚只是順便，但我沒看到她說的怪傢伙。除了我們，還有一些中年男子與老爺爺在垂釣，但他們表面上看起來很正常，應該不是指他們吧。這麼一來，或許那個傢伙今天沒來。我並不是特別想見他，所以就像這樣悠閒釣魚打發時間就好了。

就在我這麼想的時候——

「有釣到嗎？」

後方突然有人詢問釣魚成果。釣竿從我手中滑落，差點掉進池子。我連忙重新抓好釣竿轉身一看，又被嚇得不禁發出「唔哇！」的聲音。這次換我差點掉進池子。我好不容易使力用腳跟穩住腳步，瞪大眼睛質疑眼前的光景。

太空人站在我身後。一片純白，格格不入也要有個限度。

「喔，妳今天果然也來了。這樣才不枉費我帶島村過來。」

日野毫不拘謹地向太空人搭話。我由此察覺這似乎是日野之前提到的怪傢伙。這麼說來，記得她提到太空服之類的，但我沒認真聽所以不記得。

「咻咕～咻咕～」

「……嗯，很怪。」

衣服很像太空服的孩子發出奇妙的呼吸聲。仔細一看，服裝各處都有簡化，簡單得像是我手上的釣竿。雖然臉被頭盔遮住了，不過有些悶悶的聲音聽起來是女生的聲音。不透明的面罩如同水面反射陽光，好刺眼。個頭不高，大概是小學生程度。但如果裡面的人是小學生，我會擔心她的將來。如果是大人就沒救了。

「這位是？」

她動著太空服脖子以上的部位。沒露出太多肌膚——應該說完全沒露肌膚的這身打扮有種拘束感，但她的動作很順暢，大概沒有真正的太空服那麼重。

「她正是那位島村。」

「哪位島村啊……」

「喔喔，就是妳啊。」

穿太空服的孩子無視於傻眼的我，抬頭頻頻打量。老是稱呼她「穿太空服的孩子」也不太對勁，所以我下定決心試著先問清楚她的名字。

「呃，貴姓大名？」

明明只是問她的姓名，面罩看起來卻像是得意洋洋地發出深沉光輝。

「哼哼哼，我和愚蠢的童包不同，名字早就事先準備好了。」

雖然不曉得原因，但感覺在頭盔底下的她一副趾高氣昂的樣子。

她雙手扠腰，用很傲慢的態度進行自我介紹。

「請叫我知我麻社，咻咕～咻咕～」

知我麻社。好怪的名字。但是沒比「咻咕～咻咕～」奇怪。這傢伙也扛著一根釣竿，所以應該也是釣客之一。從對面的大叔們朝這裡看一眼，卻不是非常關注她這點來看，應該是看慣了。

包含在宇宙應該沒什麼機會使用的水桶在內，整體看起來很另類。

「我來地球尋找童包。」

「童包？」

我光聽發音有點聽不懂，所以猶豫了一下之後開始猜字。啊，是同胞吧。咦，這傢伙的同伴？

話說，她剛才是不是提到地球？

「同胞接下任務降落在這塊土地，卻一直沒回來。我不得已前來尋找，卻好像搞錯降落地點了。咻咕～咻咕～」

看來她講太久就會咻咕咻咕地叫。我想大概是因為戴著那種東西喘不過氣來吧。不知道她說的同胞是不是也是這副打扮，是的話我想應該很顯眼，一下就能找到了。

微妙的氣氛使我遲疑如何發言時，日野輕拍我的肩膀。

「那麼，就和這傢伙好好聊一聊，享受未知的交流吧。」

「啊？」

「喔，我感覺到那邊有魚影，雷達如此向我低語。」

日野逕自這麼說，遠離我們。我難免想揪起知我麻社的後頸對她說：「喂，把她帶走。」

如今我大致明白日野為何帶我來釣魚了。是要把應付這傢伙的工作塞給我。我完全變成代罪羔羊。

知我麻社也不知為何，開始在我身旁做起釣魚的準備。她的釣餌是充滿活力的蚯蚓，感覺像是剛挖到的。雖然有以類似手套的東西防護，但她卻毫不在乎地抓起蚯蚓裝在釣鉤上。

「聽說妳就是島村小姐。」

「咦？啊，嗯。妳聽日野說的？」

我很想確認她都從日野那裡聽說了些什麼，卻很懷疑她是否會正常回應。

「聽說是當地人全都經常光顧的當紅對象。」

「我不是那個島村。」

我搖晃釣竿否定。她把我和那間思夢樂混淆，我也很為難。

「您謙虛了。啊，為求謹慎強調一下，我來自未來，不是當地人。」

「……這樣啊。妳好，我來自過去。」

我敷衍地帶過這個話題。這人已經不是怪，是有病了。地球上還有她的同胞，地球沒問題嗎？

「看來妳是典型的地球人。」

「是啊。」

「咻咕～咻咕～」

「要不要脫掉？」

我勸她脫下頭盔。自稱未來人的她搖了搖頭。

「臉還沒完成，所以請再等一下。」

「……會從麵○超○的世界送新的臉過來？」

好累。我越來越恨日野了。當事人日野正若無其事釣著魚，朝這裡露出非常得意的表情。那個下巴角度令我火大。

不過，即使當成逃跑的藉口之一，她也真的在換位置之後釣到魚，讓我感受到經驗的差距。就我看來只是污濁水池的此處，不曉得日野看透什麼端倪。

至於這邊呢？我以眼角餘光觀察。

我看著她悠哉享受釣魚樂趣的樣子，內心湧出她和景色的突兀感，以及某個疑問。

「不去找沒關係嗎？找妳的朋友……應該說同胞？」

「因為肚子餓了。」

她光明正大這麼說，使我覺得她說的有種聽起來很有哲學氣息的錯覺。

「已經確認同胞平安無事，所以我想慢慢來。」

「連絡上了？」

我不經意詢問，她間隔片刻才回應。

「嗯，差不多就是那樣。」

她講得耐人尋味。不，說到底——

「既然都能連絡上了，應該很快就見得到面了吧？」

「基於某些隱情所以也沒辦法馬上見到面。」

她迅速回應之後，像是要含糊帶過某些事般不再多話。雖然我很感謝她沒有隨興繼續聊，卻很在意她態度驟變。雖說如此，但即使深究也未必找得到我能接受的答案。畢竟她光是外表就令人無法理解。

……先不提這個，我的釣竿毫無反應。有點無聊。

「遲遲沒上鉤耶。」

「先冒出這種念頭很重要。」

「啊？」

「遲遲沒上鉤，不太順利。這就代表即將發生某些狀況。」

知我麻社說著拉起釣竿。釣線唰的一聲華麗甩掉池水，沒釣到什麼東西。而且她這樣耍帥之後，又高高興興地繼續往池裡垂下釣線。

原來只是想拉拉看而已啊？

順帶一提，對面戴草帽的那個傢伙大喊著：「FI～SH！」

「再來只要期望會有好的未來，垂下釣線就好。」

雖然她的肚子已經餓得咕咕叫，還是帶著積極的想法繼續凝視釣線。

如果不追究她至今那些難以理解的發言，這番話聽起來也頗有道理。這句話應該也能套用在其他事情上吧。

說到「其他事情」，我首先想起的是體育館二樓。那有點悶熱的空氣。

「……………………………………」

也有些事是不試著說出口，就不會開始改變的吧。

「總之，發生了這樣的事。」

「嗯——」

就算我聊到週日的事，週一的安達聽起來也沒什麼興趣，只是出聲附和。沒什麼情感。如同敷衍地掃除落葉。

「這種事不重要？」

順帶一提，知我麻社釣了五六條魚回去。不知道她是不是已經把魚吃掉了。

「不是那樣……不過希望妳別用這種問法。」

「抱歉抱歉。」

週一的午休時間，我一如往常悠哉地和安達一起待在體育館二樓。日野與永藤沒露面。

我覺得安達比較樂見如此。我也不用顧慮各種事，樂得輕鬆。

我和日野她們的來往，難以混入我和安達的這種相處。我有這種感覺。

至於原因在於我還是安達，暫且不提。

安達把我伸直的雙腿當枕頭躺著。依照當事人的說法，似乎是昨天忙於打工所以很累。我不知道安達在打工，所以有點驚訝。

不過，因此我得知了安達假日都在做什麼。

「安達在哪裡工作？」

「不告訴妳。」

側躺著的安達拒絕回答。貼在我腿上的臉頰涼涼的。

「為什麼？」

「因為要是告訴妳，妳好像會來。」

「我是會去。」

「不行。我會害羞。」

安達將臉轉到下方。側邊頭髮下垂，遮住大半張臉。我捏起一撮頭髮，任其在手心滑動。如同會融化消失的輕柔髮絲搔著手心，好舒服。

「用不著害羞啊，有在工作不是很厲害嗎？了不起了不起。」

我開玩笑地撫摸她的頭。還以為她會抗拒，卻意外地乖乖讓我摸。或許只是很累而懶得反應吧。她脫下的外套如同棄置般掛在桌球桌，室內鞋也隨便丟在一邊。我看著這一幕覺得她還真隨性。

安達就這麼躺著翻身面向我。因為安達的臉壓到我的裙子，我稍微扭動了一下身軀。她的頭髮在我腿上拂動，感覺有點癢。安達就這麼無神地注視著我的腹部。她眨眼次數有點多，大概是想消除睡意吧。

安達的鼻頭微微顫動，接著嘴角浮現笑意。

「面向這邊似乎比較好。」

「是嗎？」

但我覺得視野不遼闊，會有種封閉感。

安達的臉往前湊，像是要稍微墊高鼻子。

「面向這邊躺，會有島村的味道。」

「咦，我體味很重？」

我沒被指摘過這件事，所以如果是真的，我會非常消沉。

「我不是這個意思……好吧，不會有味道。」

「好吧」是怎樣？而且安達不知為何，有點不悅地噘嘴。

「島村可能缺乏情調。」

「情調？嗯～情調啊……至今也沒人對我這麼說過呢。」

畢竟住在和風雅無緣的鄉下，平常也沒機會使用「情調」這種詞。

午休時間已過二十分鐘左右，還沒吃午餐。就算我想去買，但安達躺在腿上，我難以行動。想到安達難得像這樣卸下心防，就不忍心讓她躺其他地方。

雖然剛才看過，但我再度看向時鐘。午休時間即將結束，再來是打掃，然後——我的意識稍微超前時鐘的指針，接著——

「安達。」

「嗯？」

安達依然躺著，用像是從喉嚨發出的聲音回應。我撫摸她的頭髮如此提議：

「下午要不要一起上課？」

安達抬起頭，手撐地面起身。她一邊玩弄頭髮，一邊看著我的雙眼。

「怎麼了？」

「沒有啦，就是上課天數之類……嗯～換句話說，一起升上二年級會比較開心吧？」

雖然不知道是否還能同班，但是比起安達成為學妹，這樣比較不尷尬。

不對，雖然安達成為學妹是很有趣沒錯，但我成為學姊有種突兀感。

只不過，我沒有正確計算上課天數，所以或許已經來不及了。

之前我就想提議這件事一次。為了蹺課離開教室，遇見安達，然後說出這種話，這樣該說是本末倒置嗎，齟齬感很強烈，但也差不多快面臨留級危機了，不能再這樣悠哉下去。

畢竟我不是自己付學費上學，要是留級，我爸媽可能會將我逐出家門。他們雖然某方面秉持放任主義，卻也因而嚴格。

「啊——嗯。」安達搔了搔臉頰，環視二樓。

她盡情吸收這裡的空氣與景色之後，再度倒在我腿上。

她是不是喜歡這樣。

「偶爾去一次，也好。」

躺著這麼說缺乏說服力，但安達沒否定。畢竟她說「偶爾」，只是心血來潮，或許明天又不會來上課，但我不經意地感到安心。

留存熱度的體育館空氣，似乎稍微得以通風換氣了。

「那麼，下課之後找個地方晃晃吧。」

我說完，安達抬起頭。這句話語氣聽起來特別的好。

「有預定行程嗎？跟某人外出之類的。」

「今天沒有。應該說大致上每天都沒有。」

「這樣啊這樣啊。」

安達像是安心般再度躺下。雖然腳開始有點麻了，哎，算了。

不過，和安達出遊其實很難得。畢竟她大多在放學前回家。

「那就去安達打工的地方看看吧。」

「就說不喜歡這樣了……」

安達像是在抱怨般翻過身，如同不好意思看到家長來參加教學觀摩的孩子。若我站在她的立場大概也會抗拒，所以明白她的心情。學校裡運作著一種獨特的社會模式，這股氣氛拿到外面會令人為難。

所以，應該也有人希望一直活在學校裡吧。

這種事暫且不提。

想釣到美好的未來。為此得先垂下釣線才行。

雖然不是受到那個愛釣魚的未來人感化，但我試著朝安達拋竿。

「……今天的釣魚成果，還算不錯。」

我注視著躺在腿上遲遲不打算起來的安達，聯想到的不是魚，是狗。

我覺得她喜歡這樣，真的。

我和安達一起進教室，隨即稍微受到班上的注目。原因應該包括安達來到教室，以及我和安達在一起吧。畢竟我們多少都被當成不良少女。

安達打著呵欠環視教室，搞不好是忘記自己的座位在哪裡了。安達座位在靠走廊那側的最前面，我是靠窗那側的第三個。由於方向完全相反，所以我們進教室就立刻分頭就座。坐下之後，我開始進行下一堂課的準備，心想不曉得安達有沒有帶課本。以眼角餘光一看，她拿出整套課本。

看來是全部放在教室。安達只準備課本之後就托著臉頰，接著立刻看向窗邊，應該是看

向我。由於事出突然，我們就這樣四目相對。安達似乎也有些驚訝。

相互凝視。難以移開目光。有什麼事嗎？感覺我們彼此以眼神問了這個問題十次左右。是我先看她，所以照理應該由我回答，但我也不曉得該如何傳達。又不可能以能傳到教室另一邊的音量大喊。

我指著課本給她看，這樣她應該就知道我的視線代表什麼意思了吧。安達俯視桌上的課本，注視了好一陣子。我繼續看著她的側臉，覺得她的臉形真的很漂亮。

安達抬頭動著嘴巴回應。我剛開始無法解讀，但是第二次就看懂了。

『妳忘了帶課本？』

喂，別把我和妳相提並論。但我也沒正經到有資格講這種話。因為就安達或旁人來看的話我也是個不良少女，根本是五十步笑百步。所以招致這種無謂擔心的原因在我自己。

正當我們如此溝通時，老師來了。進到教室的老師像是覺得很稀奇般，朝著坐在教室的我與安達看了一眼，但也沒多說什麼就站在講桌前面。

開始上課。不曉得多久沒和安達一起在教室裡上課了。安達第一學期還算是經常出現，不過我當時完全沒注意。但現在和當時不同，會去在意這件事，說來真奇妙。

要是目光再度相對，一定會變得不知所措而感到傷腦筋，所以我極力囑咐自己別看安達。這麼一來就只能乖乖上課，盯著老師寫在黑板上的東西。

手與眼睛自行動作，沒事做的大腦如同要掩飾無聊情緒般，一直不斷質問自己。

無法完全掌握自己和安達的距離感，應該是因為我或安達其中一人不夠穩定吧。像機械般將板書抄到筆記本上的同時，我滿腦子都想著這種事。

「久違上課覺得如何？」

「日本史還好，數學已經完全不懂了。」

「哈哈哈～安達真是的～」

上課次數肯定比安達多的我也是完全看不懂，這又是為什麼呢。

……哎，畢竟我是文組嘛。日文也講得很溜。

放學後基於約定，我和安達一起離開學校。今天安達的書包也很扁。

「島村好像很受矚目呢。」

剛走出教室，安達在走廊途中轉過來這麼說。

我沒特別去注意有沒有人在看我，但我想多少有吧。

「不對不對，是安達受矚目吧？」

「不，是島村。」

安達如此斷言。她為什麼能這麼肯定啊。

「果然是因為島村是美女吧。」

安達劈頭說出這種評語，害我差點忘記轉彎，一頭撞上階梯轉角處的牆。我連忙向後仰避開危機，但這次換成差點往後方摔倒。

「妳一個人在玩什麼？」

安達踩在階梯上困惑地如此問道。還不都是妳害的。

「這還是第一次有人說我是美女。」

如果是「漂亮」，親戚就講過客套話。

「是嗎？……那有交過男友嗎？」

「根本沒交過啊。」

安達哼了一聲回應，顯得不知該如何作出反應。她面無表情，但微微仰頭。

「大家還真沒眼光。」

相反吧？我這麼心想。但既然她都在誇獎我了，就沒說出口。

「話說回來，要去哪裡？」

我換個話題。下樓走到鞋櫃換鞋時，安達說：

「好像有點餓了。畢竟沒吃午餐。」

「那去吃點東西？」

安達隔著制服摸肚子，目光游移環視一圈之後說：

「現在想簡單地吃個甜甜圈就好。」

「甜甜圈……那離車站很近。好，走吧。」
我指著前方走出校舍。前往車站要走一段路，但我沒反對。
我們默默並肩前進，安達沒在途中先和我分開就來到校門口，我覺得不對勁而詢問。
「咦，腳踏車呢？」
「今天沒騎來。因為送修了。」
安達若無其事地回答，但她家到學校有好一段距離。
「是喔。明明是不良少女居然走路過來，安達妳還真了不起呢。」
我開玩笑地稱讚她，安達連笑也不笑地立刻望向我。
她像是緊張到身體僵硬似的縮起肩膀，說：
「……因為想說島村會來學校。」
她輕聲這麼說。不對，是如此宣稱。
「唔…嗯。」
她當面這麼說，讓我覺得有點害羞。
我是為了見妳才來學校。這種說法聽起來像是在告白一樣。
我似乎害得安達也莫名在意起自己所講的話，她看起來有點臉紅。不對，或許只是我覺得她看起來如此。這股氣氛是怎麼回事？感覺讓皮膚都變粗糙了。
雖然全身感受到像是變成乾燥性皮膚般搔癢的緊繃感，但我還是努力保持沉默走到車站。明明不累，腳卻像是走了很久導致肌肉疲勞般，即使失去了知覺卻還是自動前進。偶爾感受到視線往旁邊一看，發現安達也看著我，然後兩人立刻移開目光。

這是怎樣？

我們維持著不同於尷尬的拘束感，跟隨人潮前往車站。在零星看得見學生服的人潮中，我們進入兩層樓構造、看起來不是很高級的車站，再進入門口左邊的「Mister Donut」。來自車站外面或是搭電車從遠處返回的學生們占滿店內座位，完全沒有我們能坐的位置，而且連收銀檯都排滿人。

「生意真好呢。」我說著轉身一看，安達至此終於微微一笑。

「不過，這種砂糖的香味很棒。」

安達聞著充盈於店內的香味。感覺光靠這濃郁的糖香就會飽。

「可以理解蟲為什麼會聚集在花邊。」

「唔~這舉例聽起來不令人高興。」

我的舉例讓安達面有難色。看來她果然怕蟲子。

而彼此也都因為終於說得出話而鬆一口氣。

「島村要吃哪一種？」

恢復原本的氣氛，安達的聲音與動作也產生活力。至今感覺像是兩座石像努力走動，所以連這樣都令我覺得新奇。

「我每次來都會猶豫，但還是天使法蘭奇吧。我還打算買兩個給妹妹當伴手禮。」
即使看得眼花撩亂，最後還是大多決定買這種。因為小時候母親買甜甜圈給我當點心時就是買這種，我覺得有點像是銘印現象。
「島村也是啊……」
安達做出思考的動作。看來她也想買天使法蘭奇。
「……嗯？在煩惱什麼？」
「因為會和島村一樣。」
「買一樣的沒關係吧？」
「唔……還是買這個吧。」
安達選的是下排的蜜糖多拿滋。她大概不喜歡和別人一樣吧。
排隊時，安達邊拿著放甜甜圈的托盤邊向我說：
「島村明天也要上課？」
「我打算努力不變成三天補魚、兩天曬網。」
「這樣啊。」
不過並不是對體育館二樓毫無留戀。肯定還有機會聚集在那裡。
安達平淡回應，我苦笑看向她。
「安達同學，要不要一起努力看看？」

我裝模作樣地試著邀請。安達瞬間驚慌失措，但立刻回以笑容。
「那麼，就再努力一下。」
雖然看似感到意外，但安達也不抗拒上課。
彼此都不是基於某種原因而蹺課，所以回去上課時也無須強烈的動機，只是不知不覺又自然而然地乖乖待在教室。
排隊等了很久總算結帳完走出店門之後，我們決定靠在電扶梯旁的牆壁吃。安達打開包裝，把天使法蘭奇用紙巾包住底下之後遞給我。「謝啦～」我道謝接過來，立刻朝巧克力部分咬下。
「好甜喔～」
早餐之後就沒吃任何東西，所以這種刺激好強烈。不同於吃到酸的東西，嘴唇基於不同原委縮起。不過好好吃。幸福無比的甘甜遊走於舌頭與牙齒內側。
安達將甜甜圈逐一撕成小塊送入口中，如同當成麵包在吃。這種吃法是比較高雅，但是這樣吃甜甜圈會讓手指沾上砂糖變得黏膩，我想直接啃應該比較輕鬆。啊，不過那樣不會弄髒嘴，或許兩種吃法都沒差。
「話說，昨天日野問到安達的事。」
我一邊吃，一邊提到忘記告知她的事。安達停下吃甜甜圈的手，眼神稍微游移。
「日野是那個嬌小的女生？」

「嗯，嬌小的那個。她說她也想和安達當好朋友。」
「是喔。」
「……妳果然興趣缺缺。」
我看向旁邊，低聲自言自語。日野想和她成為好朋友的路或許很坎坷。
為什麼我有辦法和這樣的安達建立不錯的交情呢？
我沒掌握自己的個性，所以我也不曉得她欣賞我哪個部分。
「不提這個，原來島村有妹妹？妳剛才有提到。」
日野的話題立刻被帶過。這樣好嗎？我心中如此質疑，卻還是回應她的疑問。
「嗯，有啊。」
「幾歲？」
「小四。但我還是把她當成幼稚園小朋友。」
根據母親的說法，她在家裡與外面的態度似乎差很多。在學校似乎是乖巧的優等生，不過在家裡的話，即使都已經那種年紀了依然會使出必殺技來攻擊親姊姊。
這種切換態度的方式，或許和安達有點像。
「島村（妹）啊……妹妹很可愛嗎？」
「沒囂張說大話或是踢我的時候就可愛。」
我稍微避重就輕如此回應。「真好。」安達說著展露笑容。

或許她嚮往兄弟姊妹的關係。這麼說，安達應該是獨生女吧。
雖然不曉得是否有關，但安達撕下一塊甜甜圈遞給我。
「要吃一口嗎？」
「嗯，那我收下了。」
我伸長脖子，直接咬下安達指尖那塊甜甜圈。包覆表層的蜂蜜甜味在口中擴散，牙齒差點因此產生敏感反應。蜂蜜有著不同於鮮奶油的濃郁甘甜。
「也給妳吃一口當回禮。」
雖然已經啃過，但我遞出自己的甜甜圈。安達定睛注視甜甜圈，頭卻沒動。我想說她有什麼不滿，朝甜甜圈一看，便察覺一件事。
「啊啊，原來如此。」
我拿回來啃一小口，確認露出奶油餡之後說聲「來」再度遞出去。
「是這麼回事吧？」
「……不然就當成這麼回事吧。」
安達講得莫名拐彎抹角，接著朝天使法蘭奇咬下，在口中咀嚼之後吞下肚。明明制服總是穿得不太整齊，但每個小動作卻都讓人覺得很有禮貌。
看安達這樣，就會想像她的父母可能很嚴厲。
「吃完要去哪裡？」

我擦掉嘴邊的砂糖，和安達討論行程。這間車站有很多讓白領族下班喝酒的店，卻幾乎沒有我們會去的店。一樓雖有超市、麵包店與摩斯漢堡，卻都是賣吃的地方。

裡面有一家松本清藥局，但沒必要刻意去逛。

「這個車站能逛的地方真少。」

「真的，和名古屋差好多。」

「不過名古屋人太多，逛起來很累。我逛這裡或許剛剛好。」

安達笑著這麼說。我同意她前半的意見，將剩下的甜甜圈送入口中。

我發呆等待安達慢慢吃完。小學時，老師在我的連絡簿寫我「是個心不在焉的孩子」。正如老師所說，我一有空就會讓意識擴散開來。

不喜歡位於特定場所，任憑五感各自延伸之後偷閒。我喜歡一邊想像一邊放鬆的瞬間。

從這點看來，我或許比較喜歡獨處。

若是和某人在一起，知覺就不被允許朝向內心。

「我吃完了。」

安達擦手先行起身。好羨慕她書包這麼輕。

「嗯。那麼，呃……走吧。」

我們沒能決定目的地，就踏出腳步。雙腳自然走向車站入口。

如果是我自己隨興行走，就可以不在意任何事物閒晃，走到累直接回家。但現在有安達

在。我動腦試著別讓安達留下不快的回憶。持續這麼做的時候，我偶爾也會覺得這是枯燥的工作。

所以，會覺得和他人在一起，伴隨些許痛苦。

還有發生無法理解的事、麻煩的事，以及人際關係失和時，為了修復、解體感情所花費的勞力。

不過，幸福隱藏在這些負面要素之間。

如同不經意找到兒時遺失的小球。

我想相信和安達相遇這件事，就是那更美好的未來。

我思索著這種事，離開車站行走一小段路後——

手邊一緊。

「…………」

我想喊出聲音，卻驚慌得發不出聲。聲音嚇得縮回喉嚨。

並肩行走的安達，握住我的手。

事出突然，我不由得停下腳步轉頭看向她。眼神和安達相對，發現她像是在觀察我的反應，心神不寧且眼神游移。

有可能是因為我心不在焉，不經意晃到馬路上，她才一時情急拉我的手阻止我。不過看來不是這麼回事。

「啊，不願意我就放開，立刻放開。」
安達快嘴如此強調。她這麼慌張，連我都忍不住跟著移開目光。
轉頭看看車站外觀、旁邊的圍欄、高架交叉路口的施工看板。目光接連轉移。
「與其說不願意，應該說被妳嚇到。」
還以為搶匪把我的手誤以為是包包抓住。
或者是強迫搭訕。
知道握我手的不是陌生人，我就鬆了口氣。但安達為什麼突然握我的手？老實說我對於這種行為有點抗拒。
總覺得牽手是過度強調交情的行為，會讓我走路不穩。
雖然我覺得我不會抗拒她躺我大腿也很神奇。
「我收手吧？」
「……不，沒關係。走吧。」
我沒能忍下心甩開她的手。我也是會顧慮到很多事情的吶。
我也主動握住安達的手，踏出腳步。刻意挺胸伸直背脊。
感覺要是一鬆懈，就會駝起背來迴避周圍的視線。
剛才是毫無前兆才會嚇一跳，但這種行為並非極度稀奇。雖然校內沒有，但在街上可以看到有些女生們會牽手或挽手行走。只不過，這是因為我身為局外人才不以為意，成為當事

人就有種奇妙的感覺。

再說上一次有機會跟人牽手，至少也要追溯回小學運動會的時候了。

安達的手軟綿綿的，所以我有點靜不下心。

「安達意外地愛撒嬌？」

「沒那回……事。」

語尾有點奇怪。她自己似乎也沒什麼自信。

安達面向著道路，不時輕輕使力握我的手。

如同撒嬌的這個舉動，使我無以自容。

「感覺有點意外。」

我再度說出剛才用到的「意外」這個感想。這個舉動就是如此神奇。

剛才吃甜甜圈的我，完全沒預料到會有這種未來。

「對我來說，其實……也不算特別意外。」

畢竟是安達主動握我的手。要是這部分的原因不明，真的會讓我困擾至極。

維持這種狀態行走，使我過度在意和她牽手的事情，無暇思考其他事。

安達活到現在，總是像這樣握著別人的手嗎？

或許只是因為我至今未曾和她一起行走，才當然沒機會牽手吧。

這樣會靜下心來嗎？也有人會為了尋求這種心安，而希望與他人碰觸。

安達並非實際上很喜歡女生吧……應該。

應該吧。我莫名不敢看向安達的臉，只有筆直面向前方。

可是，如果安達說她很喜歡我，我該怎麼辦？

……說真的，會變成什麼狀況？

「島村，現在是要去哪裡？」

「咦？沒特別決定要去哪兒。安達有想去哪裡嗎？」

「島村想去的地方就好。」

這樣最令我傷腦筋了。兩個沒有自主性的傢伙湊在一起，就會相互推託。

安達看起來比我可靠，所以我希望她可以想想辦法。我現在的心境就像是兩個迷路的小孩很傷腦筋地徘徊在陌生場所一樣。小狗警察在哪裡呢？

安達的手指在跳動。正確來說，是從相觸的肌膚感受到她的指尖傳來像是脈搏般的跳動。我注意著規律跳動的手指，動一下相觸的手指，隨即收到反應。之後這股感覺隨即像是藏到底部般消失。

就好像釣魚一樣。一邊稍微警戒，一邊試著接觸彼此，藉以觀察某種事物。

安達想窺視我的什麼東西呢？

雖然我有很多事情沒告訴她，但也沒有刻意隱瞞什麼事情。

街上景色和其他的事情，都逐漸變得不重要。要是沒拋棄認知，本來就裝滿各種東西的腦袋，可能會因為資訊過多導致運作過度而發燒。我好想大喊「唔哇～唔哇～唔哇～」。找個地方去吧。就這樣去購物？嗚，這我實在辦不到。

乾脆就這麼拉著上鉤的釣線帶回我家吧。

就在我想如此提議的時候——

「咻咕～咻咕～」

「唔哇！」

昨天聽膩的那個叫聲？從背後傳來。我和安達一起轉圈。

轉身一看，正如我所料，昨天的太空服小孩就站在那裡。身高沒變，裡面的人應該和昨天一樣吧。在這座就世界看來渺小，但隻身行走絕對不算小的城鎮裡，我居然能連續兩天在這裡遇見她。

發出深沉光輝的面罩是藍色的，搖晃時彷彿是覆滿水的星球在運轉。

「午安。」

「啊啊，嗯，午安。」

對方恭敬低頭致意，我也不小心跟著低頭回應。

「看到妳所以來打聲招呼，咻咕～咻咕～」

「剛…剛才那個聲音算是招呼？」

抱持困惑情緒交談會很傷胃。我順帶察覺到，安達不知何時放開了手。她抱著自己的手

臂，佇立在和我有點距離的地方。

看她的鼻子微微發紅，是因為感到害羞嗎？

明明直到剛才還一起走在街上，我卻不太懂安達的想法。

「妳穿這樣也敢正常走在車站前面啊。」

「因為我只有這一百零一件。」

就沒有其他衣服可以穿了嗎？

光明正大和這個傢伙交談，似乎會廣受周圍人們的矚目。是沒差啦。

不知道是不是因為想隱藏剛才牽著手走路的這份害羞情緒，我變得異常主動。

我試著朝頭盔伸手，知我麻社便慌張地迅速往後退。她在我動著手指示意時不敢靠近，但當我一收手她又跑了回來。她抗拒到這種程度，會令我很想拿掉她的頭盔看看。

知我麻社。每次都要聯想是哪幾個字實在太麻煩了，所以事到如今我打算直接叫她社妹。

這個傢伙將臉湊近我的指尖。正確來說是將頭盔的面罩湊過來。

「妳的手指有美妙的甜美香氣。」

雖然不確定她是否有發出吸氣聲，但她用頭盔面罩貼近我的手指並在我身旁繞來繞去。

看來被花蜜吸引的蟲馬上就出現了。雖然她比蟲好多了，但她戴著那種東西居然還聞得出味道。如果裡面是狗頭人，我該怎麼辦？

面罩上映出我的臉。我稍微換個角度，就能在一角看見安達。

她一副不是滋味的樣子。

「這真棒，是什麼東西的味道？」

「甜甜圈的味道吧。因為剛才吃過。」

「甜甜圈？」社妹歪過腦袋，頭盔就這麼傾斜面向我手上的紙袋。我有股不好的預感而把袋子收起來，社妹忽然以雙手拍出聲音。要是剛才放著不管，她就會撲向紙袋。

「妳想做什麼？雖然我大概猜到妳一定會這麼做。」

「我的雷達有反應。那裡有甜甜圈吧？」

「有是有，但這裡不是釣魚池。別拿走喔。」

說起來魚池肯定也不是免費開放，這傢伙有付錢嗎？

社妹豎起一根手指。

「那個叫做甜甜圈？的東西，要是願意給我一個，我就告訴妳一個宇宙的祕密當謝禮。」

「宇宙的祕密要打幾折才能讓這項交易成立啊？」

為什麼我非得送甜甜圈給這個傢伙……我一開始是如此心想，卻察覺一件事。若是看著她吃東西，她應該會拿下頭盔。能看得見她的真面目。

我從昨天就很在意了，所以這是很迷人的「釣魚法」。

「……真拿妳沒辦法，只限一個喔。」

「耶～」

她發出難以分辨是否有幹勁的喝采。舉起雙手的樣子看起來莫名無力。

妹妹應該吃一個就夠了。畢竟要是買太多點心導致晚餐吃不下會讓母親生氣。我煩惱該留下哪一個之後，將卡士達巧貝遞給社妹。

「這就是甜甜圈啊。喔喔，喔喔喔喔喔！」

她似乎是想表達驚喜的感覺。雖然我只覺得她在學動物叫。

接著社妹取下頭盔——還以為是如此，但她只有稍微打開一條縫，將甜甜圈塞進去，接著響起咀嚼的聲音。毛骨悚然的感覺與看不見臉的失望情緒同時激起漣漪。這傢伙是怎麼回事？

「這東西還不錯耶，好甜，好甜！」

和剛才相比，社妹心情很好，扭動全身沉浸於喜悅之中。

「居然不知道甜甜圈，妳已經不只是奇怪的等級了。」

但她盡情開心到這種程度，讓我覺得感覺也不是那麼糟

「有沒有更甜的？」

我感覺頭盔深處不時投來催促的目光。我扠腰拒絕。

「自己買啦。」

「我沒錢。」

這哪裡具備能挺胸得意的要素了。

「妳是怎麼活到現在——」

「島村。」

忽然有人叫我，我嚇了一跳。

因為聲音聽起來很僵硬。

安達重新背好書包，看向道路另一頭。

「我去牽腳踏車。」

「咦？」

慢著，妳沒騎車來吧？我以為她要回學校而感到混亂。

不過冷靜想想，她應該是要去領取送修的腳踏車。

「我先走了。那麼，明天見。」

安達輕輕揮手，獨自踏上歸途。「喂～」我出聲打算留住她，但她只再轉過來揮手一次就離開了。

剛才明明聊到要去哪裡，卻忽然改變主意。

「……該不會生氣了？」

難道是因為我放著她不管，所以她鬧脾氣了？不，這才真的不可能吧。

或是因為害羞而不敢一直待在旁邊。應該是這兩種原因之一吧，是哪一種？啊啊！我不懂！我完全搞不懂妳啊，安達。

我猶豫是否要追安達時，社妹邊吃邊對我說：

「我別告訴妳宇宙的祕密，改為告訴妳剛才發生什麼事吧？」

「……說說看。」

「她是因為沒拿到甜甜圈才會生氣。」

「滾。」

我發出噓聲搖手。以甜甜圈釣到這傢伙之後，搞不懂的事情又增加了。

以安達的個性來說，我覺得她明天就不會計較。可是——

唉……我按著額頭嘆氣。

「看來人際關係果然很難懂又麻煩。」

「我懂我懂。」

「妳懂什麼啦。」

就這樣，這個城鎮多了一個如同天災的怪人。

自稱未來人的她，將會大幅改變我今後的人生——這一點還不確定。

再說，不論發生什麼事情，人生也都不會因此有所改變。

因為無人知曉未來，所以也無從改變未來。

安達 QUESTION

我作了和島村接吻的夢。

醒來之後，複雜的情緒依然在內心來去好一陣子。我感到自我厭惡，抓亂自己的頭髮。

我發出「嗚～嗚～」的聲音，腦中浮現像是藉口的話語。

我才不是那一類的人。島村也肯定不是。所以我覺得做那種夢很對不起島村。她得知之後應該會和我保持距離吧。說什麼都不能講出口。

在夢裡沒有感覺到島村嘴唇的觸感。我不可能會知道那種觸感，因為我不曾碰觸過。不過上次手指交纏時的柔軟觸感卻忠實重現，這份真實感使我如同窺視到自己的潛在願望般不自在，內心激盪無法鎮靜。

夢中，我位於未曾進入的島村臥室，和她一起看電視。島村靠牆而坐，我坐在她雙腿中間，背靠著她。島村只對我投以未曾看過的溫柔笑容，而那種表情就近在身旁。後來我不經意轉頭，就和島村——我逐一回想起細節，思考越來越混亂，全身也流出討厭的汗水。

這大概是想和島村更進一步增進感情的心情表現吧。希望自己和島村的距離感，比其他朋友稍微特別一點。例如別人都叫她島村，只有我叫她名字之類的。我覺得我想要有一點點這樣的特別待遇。不過事到如今以其他方式稱呼島村，彼此應該會覺得很突兀，何況我想破頭也想不起島村的名字。

島村就是島村。她在我心中大概永遠都會是島村。

雖然莫名其妙，卻也因此有種安心感。聽起來會讓人不經意放鬆心情。是個好名字。

所以這絕對不是那樣。接吻也沒什麼太大的意義。

「…………………………………不可能不可能。」

我不會說我絕對不想這麼做，但也不認為我絕對想這麼做。

如果以島村為中心的半徑五公里內完全沒人，而且島村正在熟睡，加上全知全能的神還保證她整整二十四小時絕對不會醒的話，我可能會在經過二十三小時之後耐不住無聊而試一次看看。

就是這種程度。我想說我就是這麼沒興趣。就說沒興趣了喔。

「咦，不管是什麼狀況，從我冒出想這麼做的想法開始就有問題了吧？是嗎？」

但是相對的，如果島村說想吻我，我大概不會拒絕。

我或許會感到困惑也會害怕，但應該不會抗拒。

我總覺得這樣果然不對勁。

再怎麼苦惱，也不會對承受這股沉重想法有所幫助。

但我再三強調，我不是那一類的人。

我只是希望位居島村心中的優先順位。

希望島村聽到「朋友」這個詞的時候，能第一個想到我。

我承認自己多少擁有這種程度的，像是獨占慾的心情。

實際上，我一直在意島村將我當成何種程度的朋友。和其他朋友沒兩樣？還是有稍微把我當成比較特別的朋友？島村很少聊到自己或他人，所以很難推測這一點。

島村似乎不太清楚我這個人，但是彼此彼此。

既然看不出來，就只能問了。

島村對我的喜歡，是怎樣的感覺？

我哪能當面問她這種問題。要是她說不喜歡我怎麼辦？

我像機械般的抄著板書，閒下來的頭腦持續思考這種事。我主要是在思索自己和島村的距離感，但我目前也沒有其他的煩惱，所以思緒難免偏向這個部分。

第三堂課是數學，反正就算認真聽課，沒打好基礎的我也完全聽不懂，所以抄黑板筆記的工作更加無聊。我偶爾會以眼角餘光看向遠方島村的座位一眼，發現她也是有些睡眼惺忪地握著自動鉛筆。

開始乖乖來上課之後就發現和島村交談的機會很少。上課時當然不可能交談，中間短暫的下課時間，也因為和她的座位有段距離而莫名地不太敢過去。原因在於我總覺得特地從教室這一頭走到另一頭有點太誇張了。

再來是打掃時間。我們負責的區域不同，所以幾乎見不到面。剩下的機會就只有午休與放學後。但島村午休時大多和日野與永藤兩人一起行動。

她和那兩人在一起的話，我就會忍不住退讓一步。並不是有所顧慮，而是我實在無法融入這種氣氛。和眾人和平相處，並向他們投以親切笑容的這種行為不符合我的個性。若非得要如此顧慮他人，那我也沒必要和他人打交道。

島村或許是察覺到我散發出這種氣息，才沒有強求這一點。不會纏著我，一下子就離開。雖然只是偶爾，但我曾經希望她離開其他朋友，陪在我身邊。

午休時間沒機會了，只剩下放學後。島村經常獨自早早回家。最近她似乎為了追上蹺課沒上到的進度，都在家裡用功讀書的樣子。我覺得說來說去，島村的本性終究正經。這麼一來，我也變成得回家用功讀書。

不知道是不是因為今天作了怪夢的關係，我異常地在意她卻又刻意避免接近她。

我們大多像這樣在沒有交集的狀況下度過每一天。島村基本上不會主動邀我做什麼事。邀我一起上課是例外，所以我當時真的嚇了一跳。

我不曾在假日遇過島村。見到島村時都是在學校，在校外也都是在穿著制服的時候見面，「我們是這種朋友」的感覺總是限制著我。

這麼一來，會讓我有點難以啟齒。因為會變成像是我單方面對她有所求。

雖然有人依靠過去就會接受對方，卻不會主動靠近任何人。

這就是島村在我心中的形象。

什麼叫做創意新中華料理？

這問題拿來問我，我也不知道。而且即使問店長，店長大概也是一頭霧水。

我打工地點的招牌寫的這句話，只能以「謎」這個字來形容。

雖然似乎只限於我們居住的這一區，但城鎮裡有很多台灣風味的大眾中菜館。店長與店員也盡是台灣人，其中甚至有人仍然幾乎不會講日語。店的外觀一定會大幅使用黃色，午餐很便宜，炸雞塊也大得很誇張。

這種店就是我打工的地方。我打工的原因，在於我覺得這樣能讓我感覺自己的生活有意義。我想比虛耗時光好得多。

雖然我自己也對於不只是放學後，連週日沒行程時也來打工的自己感到有些不以為然。

放在各桌面的菜單似乎是沿用的版本，每間店刊登的料理照片都一樣。端出來的料理看起來和原本點的不一樣是家常便飯，甚至和圖片一致的例子還比較罕見。而且這種店都會放漫畫單行本給客人看，但集數與內容都零散不齊。天花板有看起來很廉價的龍擺飾，營造出微妙的異國風情。

在這種店打工就算了，卻得穿成這樣。為什麼只有我非得要穿旗袍工作不可？這套水藍

色服飾上有著梅竹刺繡，而長裙上有著明顯的開衩，遮不住腿。雖說制服也是有露腿沒錯，但這害羞的感覺又和穿制服的時候不同。大概是因為光澤的關係吧。明明其他女店員沒穿，為什麼只有我穿？我曾經問過老闆娘大嬸，得到的回覆是「因為妳很年輕」。嗯，淺顯易懂。

我從暑假開始打工，所以也很習慣了，但有時冷靜下來想想還是會突然覺得很難為情。

店外停車場已經停了一輛車。但是還要兩分鐘才五點，所以店裡沒人有動作。絕對只會在既定時間做事這點不知道是不是該國的作風。我也從店門口望著這輛白色自用車，暗自祈禱今天最好不會太忙。

五點整，共事的阿姨（當然是台灣人）走到店外，搬開入口處擺放的「準備中」大看板，然後開燈。白色車子上的人見狀便隨即打開車門。

太陽已經開始西沉，外面變得有些陰暗。在沒有路燈這種時尚玩意兒的鄉下地方，根本無法清楚分辨人影。只會講生硬日語的阿姨走回來，隨後便有一家四口進入店內光顧。我幾乎沒看著對方，就習慣性地打聲招呼。

「歡迎光——啊。」

才說到一半，聲音就和視線的動作一同靜止下來。

跟在中年男女身後進來的人，是島村。

她也立刻發現到我，和我一樣張開嘴「啊」了一聲。

我明明沒告訴過她我打工的地點。雖然我認為這應該只是巧合，但事情發生得太突然讓我大吃一驚。

接著她馬上很感興趣似地看著我以及我所穿的服裝。所以我立刻低下頭。

「喔～喔喔～」

感覺從頭到腳都被仔細打量。如果她不是島村的話我應該會生氣。

中年女子回頭詢問島村。

「是妳的朋友嗎？」

「嗯，學校朋友。」

島村簡短迅速地說明。大概因為是和母親說話，所以語氣有些愛理不理的。

我察覺這種細微的變化，不知為何有點高興。為什麼會這樣呢？

同行的兩位應該是島村的父母。島村（父）隱約散發著圓融溫和的氣息，島村（母）雙腿修長，肩膀卻又寬又厚實，感覺有鍛鍊過。

此外緊站在島村身後的，推測就是上次提到的島村（妹）。我們目光相對。不曉得是否覺得旗袍很稀奇，她的視線不時投向我。

「喔～旗袍。原來安達在這種店打工啊。」

「……四位這邊請。」

因為還要顧慮其他店員的目光，所以我先帶他們入座。帶領他們走到角落的桌位之後，島村的父母坐在左側的座位，島村則與妹妹一起坐在右側。島村妹黏著島村不放，而且已經

把手伸向了菜單。看來感情很好。

我端水過去接受點餐之前，小聲地朝著注視我的島村說：

「所以我才說會害羞。」

再怎麼拉衣服也藏不住開衩處露出的腿。

「有什麼關係嘛，很適合妳啊。」

島村露出很有活力且一臉想惡作劇的表情看向我。雖然她難得會露出這種純真表情，但我一點也不覺得她是在稱讚我，感覺只是隨口說說而已。

「妳叫做安達？」

島村伯母向我搭話。我看見視野角落的島村嘴角因此失守。

「是的。」

「嗯～朋友啊。她升上高中之後，就幾乎沒邀朋友到家裡玩，所以都不曉得她到底有交到什麼樣的朋友呢。」

「這樣啊……」

「好了啦，別在意。不要問這種問題。」

島村像是感到困擾般，搖手想打斷母親的話題。我很能理解她的心情。

「喔～喔～妳們同班？」

「別問了啦。」

島村似乎更顯得不耐煩，揮手試圖阻止母親。

「妳做什麼啦。」母親說完一笑，沒有正面應付女兒的不滿。感覺這一幕在我家也司空見慣。尤其在國中時期，我的自主意識過於強烈，發生過各種糾紛。

不過，看到這麼慌張的島村，我也稍微冷靜下來了。

「請問，今天，那個……」

我想詢問他們為什麼光顧這間店，卻無法好好說出口。在我支支吾吾時，島村似乎察覺到我想問什麼，便回應我的問題。

「呃～市內雜誌有折價券，所以我們家決定來一次看看。」

「啊，這樣啊……」

真是多此一舉。我有點恨這裡的店長。這樣不是彼此都會覺得很難為情嗎？

今天的島村將頭髮往後綁。光是這樣，就感覺她的氣氛比平常穩重。還是因為和妹妹坐在一起，所以才有種姊姊的感覺呢？

雖然是理所當然，但島村妹和姊姊不同，她並沒有染髮。她頭髮是黑的，如果島村沒染髮，我想也是相同的髮色。我覺得黑髮應該也很適合她。

「請在決定要點餐之後叫我一聲。」

無論如何，先逃再說。島村的母親害我差點忘記我現在穿著旗袍。我難以忍受自己要穿著這種平常不會穿的服裝一直站在島村眼前。

我想島村不會把這件事說給同學聽而讓事情傳出去，但是讓島村得知這件事才最令我難為情。我甚至走到店門口旁邊，儘可能和他們保持距離。「朋友？」共事的阿姨以生硬的日語詢問，我微微點頭回應。

對，島村和我是朋友。我們的交情好到即使如此宣稱也沒人會否定。

島村妹看著島村打開的菜單。「魚翅好貴喔！」她驚訝地瞪大雙眼嬉鬧著。「不准點喔。」父親如此叮嚀，實際上的確也希望你們不要點魚翅。就算點了，我們也端不出這種東西。這就是沿用菜單的壞處。

不過，看起來感情真好。看著島村一家人就有這種感覺。我家的親子關係與其說是淡薄不如說是稀薄，交集非常少。因為是一家人所以住在一起，乍看之下雖然是理所當然的，但若只有這個理由時，彼此間的關係就會相當空洞。我甚至有點羨慕島村。

說是這麼說，但我也不希望他們一直和樂融融地待在這裡，反倒希望他們早點回去。或者說我想早點走。我不曉得拉了自己的裙襬多少次。如果至少能和其他人一樣穿便服該有多好。唔哇，島村在看我。我不由得移開目光。

就島村看來，或許只是因為同學在場而感到害羞而已，但其實還有其他理由。我看到島村，就回想起兩天前所作的夢。

為了讓我自己能接受，要我說幾次都可以，那並不是因為我有非分之想才產生的夢境。只是難以拿捏自己和島村的距離感，而這份煩惱反應在夢境裡，就只是這樣。

但如果要我正面回應島村的視線，目前還很難。

這有點過於例外，過於出其不意。

擁有只屬於我與島村的祕密。如果以這種積極的想法解釋，我想在某種程度上我也能夠接受這段時光。不過旗袍真的讓我很難受，難受到感覺皮膚在刺痛。

「安達同學。」島村伯母招手指名我，似乎已經決定好要點什麼餐了。

「好啦，去吧。」聽見生硬日語的同時被拍打的肩膀，比雙腿還要輕盈許多。

我閉著眼睛面向前方，踏出沉重的腳步。

我要去丟無謂的臉了。不，說到底，也不可能有丟臉還會有意義的場面。

隔天，我待在體育館二樓。當然我們班現在不是在這裡上課。

簡單來說，我蹺課了。在島村的邀約之下，我已經有一週左右都很認真地去教室上課了，所以算是週休一日吧。我靠坐在牆邊發呆。

視線沒對焦，因此景色看起來有好幾層。某些人似乎會因為這樣而靜不下心，但我會覺得這樣有種在發呆的感覺而莫名沉醉其中。像這樣動也不動的話，身體就會像忘了呼吸跟眨眼一樣去除了各種事物，而感到輕盈許多。

現在應該正在上第二堂課。體育館一樓傳來球彈跳的聲音。我揉了一下雙眼之後貼在牆

邊悄悄往下看，發現男生們正在追著籃球跑。沒幹勁的人則聚集在牆邊談天說笑。如果我是男生，我應該會在牆邊吧。島村也一樣。被發現可能會引起騷動，所以我立刻縮回脖子。

我將手伸進旁邊的書包。雖然拿出手機，但我沒有要打給誰，也沒收到郵件。我隨便玩了一下手機，又馬上把它放回書包。我的個性讓我的手機不會頻頻響起聲音。

即使如此，雙手閒著的時候還是會忍不住拿起來玩。這或許就是被稱為現代孩子的理由。

我將頭靠著牆壁，輕輕嘆息。

並不是發生了討厭的事。只是昨天發生那種事，讓我有種——該說像是參加慶典的心情嗎，隱約有種浮躁的感覺。被這股浮躁感籠罩著，就讓我不想乖乖待在教室。想想當初第一次蹺課的理由說不定也是這樣。

久違一週所吸入的體育館二樓空氣深沉而混濁。越是吸入這種空氣，身體就越是沉重，使我無法離開這裡。怠惰的味道擴散開來，讓我差點因此嗆到。

戒菸的人再度抽菸，也會是這種心情嗎？雖然我沒抽過。

被少許的悶熱感以及體育館鞋子和地板摩擦的聲音所圍繞著，眼皮開始變得沉重。些微睡意搖晃我的腦袋，嘴角不經意地微微開合。

「……或許是假的。」

雖然不太清楚自己待在這裡的理由，但有一件事我很清楚。

若我不在教室，島村或許會發現我不在而來到這裡看看。如同在耍脾氣的孩子做起古怪的行動或是待在別人找不到的地方，期待會有人擔心自己。我多少承認自己處於類似的心境。

而且，我隱約覺得島村或許也會在這裡。

雖然她不在就是了。

將昨天視為特別日子的人，就只有我嗎？

感受得到我和島村在態度上的冷熱差別。是沒錯啦，但只有我單方面地這麼在意，我反倒擔心起自己了。我還好嗎？

我擔憂自己的行動會變得以「島村」為基準。

這樣簡直像是單戀啊。我用手遮住眼角感到無奈。

外面進到午休時間後，我聽到上樓的腳步聲。

我吐光身體裡慵懶的空氣，重新坐好。我勉強自己伸長脖子想確認一下入口處。室內鞋隨著腳步啪啪踩響。正當我在思考樓梯有幾階時——

「安達。」

我驚訝到感覺耳朵好像跳動了一下。我縮起脖子，戰戰兢兢地朝上看往聲音傳來的方向。

為了不顯現出驚訝的情緒，我邊壓抑著我的表情及聲音邊回應搭話的島村。同時我也感受到她符合我的期待前來的喜悅，以及內疚。

「什麼事？」

「偶爾一起去學校餐廳如何？」

島村的態度一如往常，絲毫不在乎昨天的事。但她會來這裡，就表示她多少也有些自己的想法吧。我擅自如此解釋她的行為。

「嗯，好啊。」

我抱起書包，撐著地面起身，輕拍裙子之後面向島村。

是一如往常的島村。不是穿便服，也沒綁頭髮。

她等我整裝完畢，才一起走出體育館。

我邊走邊想到似乎還沒跟她打過招呼。雖然這種事很常發生就是。見到島村時會打招呼的次數比較少，分開的時候也很隨便，乾脆俐落。

「才想說終於肯認真來上課，結果又來了。」

島村下樓時忽然這麼說。語氣和平常完全不同。

「這是在模仿誰？」

「班導。他問說『今天安達怎麼了』。他這樣問我，我也很傷腦筋啊。」

島村聳了聳肩。班導會這樣問島村，就表示——

也就是說，班導似乎覺得島村和我交情很好。

好到想找我的朋友打聽時，第一個想到的就是島村。

……這樣啊。

「有這麼有趣嗎？我覺得模仿得不太像耶。」

島村詫異地瞪大雙眼。

「……咦？什麼事？」

我不曉得她指的是什麼而感到困惑。「這個。」她說完指著我的臉。

我的表情看起來有覺得那麼有趣嗎？我輕捏臉頰，圓鼓鼓的。我連想都不用想就知道了我擺出那種表情的原因，感到非常地丟臉。

「用不著害羞吧？」

「別強人所難。」

看來她以為我是因為露出毫無防備的表情而感到害羞。

島村不太懂我。不，要是她懂的話我會更加為難。

我一直捏著臉頰，跟在島村身後走，前往入口位於校舍一樓外側的學生餐廳。

其實我第一次光顧學生餐廳。畢竟這裡變得像是二、三年級的聚集場所，營造出一年級難以進入的氣氛。最重要的是，我的作息沒有規律到每天都會吃午餐。

為了避免點餐時慌張出糗，我在移動時順便觀察要怎麼點餐，看來是採用餐券制度。人們在學生餐廳入口旁邊的機器前面排隊，而我們也跟著排在他們後面。藍色柱子擋住的隊列旁邊還有一排人，看向排頭發現是福利社。

原來島村都是去這裡購物。我沒去過所以不曉得。一旁也擺著賣礦泉水的自動販賣機，而一起販售的黃色汽水亮起賣完的燈號。

我與島村排隊時沒交談。似乎是周圍學生的喧鬧聲讓她覺得有點壓迫感，因而靜了下來。雖然覺得這種時候彼此講點話比較好，我卻完全想不到話題。一直注視島村的纖細頸子可能會和她四目相對，於是我只能看向另一邊。

校舍窗戶反射的陽光強得刺眼，吸入陽光的雲朵輪廓在發光，淡藍色天空從雲層間露臉，人們的喧囂與活力強烈得像是要從背後貫穿我的身體，還有些微的料理香味在空氣中瀰漫著。

我只能利用欣賞這幅常見的中午景色，來消磨漫長的等待時間。

持續忍受這段煩人的時間之後，總算輪到我們買餐券了。先備好零錢握在手中的島村選擇了每日特餐中式什錦丼。我回想起她昨天也是吃中式什錦燴飯，決定點同樣的東西。在後方櫃檯拿餐券換取餐點，到旁邊飲水機用杯子裝水，再來只要找好座位就好。藍色長桌各處都有人坐。

我和島村一起到處繞，發現角落剛好有空位。我們相對而坐，先喝起裝來的水。溫溫的，喝下後舌頭上殘留了些許金屬味。

味道和家裡的自來水一樣。礦泉水比這種水更能令我靜下心來。

我放下水杯拿起筷子時，感受到對面傳來一股視線。

抬頭一看，「嘿嘿！」島村笑了出來。「什麼事？」我停下手邊的動作詢問。
「我覺得昨天的安達好可愛。」
這是最能有效讓我臉紅的一句「可愛」。
加上島村難得露出牙齒天真地笑著，我無法直視她。
我想說至少要做出最低限度的反擊而回嘴。
「島村也很可愛啊。」
「咦？不，我什麼都沒做，跟平常一樣啊？」
妳平常就很可愛。島村似乎不這麼認為，而是當成玩笑話。不知為何，島村似乎認為我才是美女的樣子。這堪稱一大誤會。
就我看來，島村可愛得多。但要是一臉認真地講出這種話，氣氛似乎會變得很尷尬，所以我沒有特地去認真強調她很可愛就帶過這個話題，默默低頭動起筷子。
「我改天再去光顧一次好了～」
「住手。請不要這樣。」
我左右搖手認真拒絕。要是島村一家人成為常客，我就要換地方打工。
「開玩笑的。我也不太願意和家人一起去。」
「我就知道是這樣。被家人看見感覺莫名地難為情啊。」
「一點都沒錯。我要開動了。」

島村合掌開動，我也跟著做。最近幾乎沒做這種動作。在家裡吃飯時大多一個人吃，所以常常不小心就會忘記。

兩人開始用餐之後，對話再度中斷。昨天島村來店裡的時候，就算在用餐中也會和家人談笑，但我們之間不太能產生這種氣氛。家人果然特別。

我也想和她成為這種特別的關係。

換言之就是變成手帕交，或是戀人？不，再怎麼說都不可能變成戀人吧。不可能嗎？不可能吧？

我一邊像是舔著筷子般慢慢吃，一邊思考著。

說真的，如果和島村交往將是怎麼一回事？

以我們現在的年紀，即使和男生交往，我想應該也不會到想和對方結婚成家的程度。既然這樣就沒必要堅持異性交往。這麼一來，感覺女生在這個時期進行同性交往應該也不會有什麼問題。這樣沒問題嗎？

不不不，肯定有問題。即使自己接受，他人也會投以奇異的目光，島村是否能接受也是完全不同的問題。不過這都是他人、島村之類表面上的問題。但我自己本身有這種想法，就不會造成問題嗎？

不，應該會吧？我認真苦思之後，想到一件事。

我可能會背負著這種價值觀長大成人，這麼一來將會影響到後代的繁衍。雖然覺得反正只有我所以無妨，但要是出現一個例外，或許會以我為源頭掀起軒然大波。我不曉得是否真的有那麼多這樣的人，但若真是如此，便會造成整個社會的困擾。所以例外很恐怖。

原來如此。

「……………………」

原來我這麼喜歡島村嗎。

我試著看她。我一邊以飯碗遮住臉，邊偷看島村。

染成栗子色的頭髮隨著動作晃動。比我稍微用心的化妝與散發慵懶氣息的眼角，以及動作不會太大的嘴。吸引我目光的盡是島村的臉，尤其是嘴邊。

我覺得她好可愛。明明之前很少注意到她。

突然注意到這一點後，就覺得她各方面都好特別。

我呆看著她，差點看到入迷。我覺得不能這樣而搖頭分散自己的注意力。

先不論這些因素，我突然想到——

說起來，為什麼會是島村？

「喔，是島村與安達～」

突然有人以奇怪的語氣叫我，手上的碗差點因此失手摔落。我連忙放下碗抬頭一看，旁邊有兩個端著相同飯碗的人。島村「喔」一聲回應她們，兩人隨即理所當然地在一旁坐下。

記得個子小的是日野，個子高的是永藤。「妳明明有來嘛。」日野坐在我旁邊向我搭話。

「咦？啊，嗯。」

剛開始我還搞不清楚她在說什麼，但立刻聽懂了。因為我沒到教室，班導也肯定在出席簿上記我缺席。原來如此，我了解她為什麼會有這種反應了，但還是搞不懂很自然地加入我們一起吃飯的這兩人是怎麼回事。

「那個……同學。」

坐在斜對角的永藤輕聲搭話。她看起來明明沒那麼內向。

「是安達。妳一定心想就算名字忘了，只要小聲點講就能矇混過去了吧？」

日野以筷子指著永藤並吐嘈她。啊啊，原來是這麼回事。「哈哈哈……」永藤發出生硬的笑聲。

「沒什麼關係吧？所以，安達同學。」

「什麼事？」

「早安。」

永藤露出沉穩的笑容。這時候打招呼？我雖然如此心想，但果然一見面還是要先打招呼吧。雖然是正確的做法，我卻不覺得她有在正確的時間打招呼。

「……早安。」

可是，為什麼？

她的容貌舉止明明洋溢聰穎氣息，卻奇妙地有種脫線感。

「妳剛來嗎？」

永藤察覺我身旁擺著書包。「不，我蹺課。」我老實回答。

「喔喔～」日野也一起回應。我不清楚這一聲到底代表什麼意思。

「話說妳們很難得來這裡耶，明明大多是吃便當。」

島村向日野她們搭話。日野揮著筷子回答。日野做出反應時，似乎習慣讓手一起動，不知道該說她靜不下心還是充滿活力。

「因為媽媽今天睡過頭。」

「我是因為家裡沒什麼能做成便當菜色的材料。」

永藤的理由很奇妙。她都是自己做便當嗎？

日野面對著我向我說明。筷子指著永藤。

「這傢伙家裡是肉店。」

「這樣啊～」

我簡短回應。雖然我覺得話題沒連貫。

「我上次經過，請她賣胸部的肉給我，結果居然被打了耶。那間店真是太過分了。」

「爸爸說過只要不是客人都能打喔。」

這教誨還真極端。感覺比未曾打人的我還像不良少女。

「對了，島村同～學，要不要交換一口？」

日野夾起紅蘿蔔提議。不過她和我們一樣吃中式什錦丼。

而且還說要和島村交換。

「但我們點一樣的啊?」

「哎喲~別計較別計較。」

她說著將紅蘿蔔放進島村碗裡。

「妳只是想把紅蘿蔔塞給我而已嘛。喂,永藤也別跟著做啦!」

永藤默默將紅蘿蔔夾到島村碗裡。我有一瞬間在想我是不是也該這麼做。島村看向我露出苦笑。

我也對她露出苦笑。有點微妙的反應。

我也不討厭這樣。

日野她們這樣吵吵鬧鬧的氣氛還不壞。我回憶起小學營養午餐時間,有點懷念。但確實也感到有些抗拒。

真的好久沒和島村獨處了。多少有種被她們介入我們之間的感覺,而對此感到有些格格不入也是事實。

我或許也是為了要隱藏這種心情,才露出笑容的吧。

「安達居然會笑,真難得呢。」

島村消遣我。

「真沒禮貌。」

把我講得像是撲克臉一樣。我剛才不是也笑了嗎？我覺得我這樣也算挺常露出笑容——好像也沒有。我反倒覺得島村不太常露出發自內心的笑容，經常感覺她是配合周遭狀況而笑。

島村究竟對什麼事情感興趣？

我之前問她本人，她也總是疑惑地回答「沒什麼」或「不清楚」。

就這樣，久違度過一段稍微熱鬧的午餐時光。

吃完之後，午休時間也所剩不多。因為其他人也都開始收拾了，於是我們也和他們一樣開始收拾飯碗。

「妳下午要做什麼？」

飯碗拿到回收區之後，島村這麼問。我不想就這樣再度獨自回到體育館。何況書包都帶來了。

「我打算去上課。」

「這樣啊。」

島村表情有點開心……的樣子。我看著她，內心有些動搖。

我走在島村身旁，注意音量避免被前面兩人聽見。

稍微加入對島村「朋友」的競爭心態。

「那個啊……」

「嗯？」
「今天，我可以去島村家看看嗎？」
我有點緊張地詢問，島村微微歪過腦袋。
「為什麼？」
「因為沒事做……吧。總之突然想去看看。」
明明沒事做的話有很多地方可以去，為什麼去我家？島村露出這種表情，大概是想這麼說吧。我不擅長面對島村這種時候露出的表情。
雖然有可能是我想太多了，但總覺得她好像在責備我。
「來了也沒事做喔。而且我妹——啊～算了，沒差。」
島村才說到一半，就懶得說明而放棄了。她似乎想說妹妹在家裡很吵之類的。
「我家真的什麼都沒有喔。」
「嗯，我知道。」
島村再度強調。我點頭回應，但沒看著她。
我自己也知道，就算去島村家也沒事做。
我覺得重點在於「去過」。
升上高中之後，也沒什麼機會去別人家。
我只是想要藉由這一步，成為更進一步特別的存在。

絕對不是率直表明想和島村獨處。

「…………………………」

島村的家，臥室。我拚命地想甩開那試圖再度浮現腦海的夢境。

「啊，原來腳踏車修好了。」

「嗯。」

放學後，跟著來到腳踏車停車場的島村這麼說，使我回想起約一週前的事。

回想起來就滿懷後悔，所以我刻意不去注意這件事。

上次出現在車站前面的太空服小孩究竟是怎麼回事？島村提過那個人，也真的見面了，但這個人基本上充滿了謎團。如果是我被她搭話的話我應該會立刻逃跑，但島村面對這種對象也能好好應對。島村對待他人不會受到偏見影響，一律採取中立態度。

當時想到她採取中立態度的對象也包含我在內，我的心情就不禁表露在態度上。

島村沒將當時的事情放在心上，讓我鬆了口氣。

「要站後面嗎？」

我輕踢腳踏車後輪，「要要要！」島村立刻贊成。「借我放。」她說著將書包放進籃子，把手搭上我的肩。雖然覺得還沒離開校門就這樣不太好，但也不好意思阻止她，所以就直接

起步。剛開始的兩圈因為多了一人分的重量不好踩，但踩完之後很快就能加速了。

「今天不用打工？」

「嗯。不過明天要。」

我騎著腳踏車迅速穿越校門。要是老師發現，可能會被叫住訓誡。

「我家不是這個方向。」

「啊，對喔。」

我不小心當成要回自己家而轉彎。我立刻迴轉，回到學校正門，依照島村的指示修正方向。

「真的要來？」

「當然。不願意嗎？」

如果島村說什麼都不願意的話，我就打消念頭。島村沒回應這個問題，但是——

「安達的那件旗袍，是便服？」

相對的，她提出毫不相關的問題。而且問那什麼問題啊。

「怎麼可能啊。」

「可是其他店員都沒穿。」

「那是因為……那個。」

「那個？」

「店長說，因為我最年輕。」

「也是因為妳最適合穿吧？」

「天曉得，我不知道。」

島村是喜歡我那種裝扮嗎？

說起來，島村真的有什麼喜歡的事物嗎？

我雖然在騎腳踏車，卻抬頭看向上方的島村。目光立刻相對。

「不不不，看前面啦，看前面。」

島村連忙指向前方。我心想之前也發生過類似狀況，繼續凝視島村片刻。「喂喂……」表情抽搐的島村也挺新奇的。

總覺得我最近滿腦子都是「島村」。

「抵達島村家囉。」

「妳那自言自語是怎麼回事？好像日野一樣。」

我將腳踏車停在島村家門前小聲地自言自語，隨即被這麼說。

日野確實像是會講這種話。我回憶起中午的情形，認同島村的說法。我鎖好腳踏車之後看向島村家，是藍色屋頂的住家，院子設計成木板露臺。不過木板年代久遠，看得出到處都

有腐蝕的痕跡。洗好晾著的衣物在露臺上平穩地飄動著。

我升上高中之後，還是第一次到朋友家玩。

搞不好這是最後一次也說不定。

島村開鎖打開家門。「果然在啊。」她看著擺放在玄關的小鞋子，說完之後便脫下鞋子。大概是在說島村妹。島村將鞋子放在那雙小鞋子的旁邊。

我也學她把鞋子擺在旁邊，接著和島村一起走在走廊上。沒走上眼前通往二樓的階梯，而是前往走廊深處。

「妳房間在一樓？」

「是沒錯，不過還是比較常待在二樓吧。」

至少我房間是在二樓。小學時常去玩的朋友家裡，朋友的房間也大多在二樓。或許建造我們家的時代慣例這樣設計吧。

「這裡。」島村走到走廊盡頭指著門這麼說。接著轉動門把。

一打開，裡面就傳出了聲音。

「姊姊妳回來……啦……」

講到一半都還充滿氣勢的問候，在看到我之後變得小聲。是島村妹。

將書包扔在地上的島村妹正在打電動。是揮動遙控器外型手把的機種，玩的遊戲似乎是桌球。島村妹沒有將球打回去，所以畫面另一頭的交戰對象表現出很開心的樣子。

「我回來了。」

島村簡短問候，接著介紹身後的我。

「啊，是朋友吧？是昨天那個人。」

「嗯。」

島村妹關閉遊樂器主機的電源，連忙收拾之後便直接離開房間。她大概在等島村回家吧。她想和姊姊一起打電動，才在這裡等島村回來。包含她逃走的方式在內，她的有些和我很相像的地方，使我心痛。

「總覺得……有點抱歉。」

「啊～沒關係，那個傢伙很怕生。」

我說抱歉不是指這個啊。看來姊姊沒察覺。

離開時要是看見她，向她道個歉吧。

我暫時先不去想島村妹的事，注意到自己站在房間門口。

這裡就是島村的房間。

雖然是理所當然，理所當然中的理所當然，但是和我夢見的房間完全不一樣。裝潢與大小都不同，牆壁配色也完全是兩回事。而且我現在才想到，當時明明是作夢，然而包含雜物、天花板色調與窗外景色，卻都沒有模糊不清的部分。

淡藍色的壁紙、粉色系的窗簾。床在牆邊，還有一張書桌。床的對面擺著電視，往二樓窗外看則能看得見夕陽。我坐在床上，島村靠坐在牆邊，然後我為了貼近島村而——

至此是我的妄想。更正，是夢。

現實的島村臥室是這樣的。

牆壁雪白。沒有床，是兩組被褥，這最令我感到意外。窗旁擺著電視，下方的電視櫃放著藍光盒以及一台遊樂器。書櫃有許多漫畫，大概是島村妹的。而書櫃一角有一本桌球講座的書，我莫名覺得很開心。

兩張書桌並排擺放，感覺似乎從以前就擺在那裡了。而且有一點根本和我想像的完全不同。我想我根本……沒想過島村現在也會和妹妹同房。

不過我只是不小心作了場夢而已，和我本身一點關係都沒有。完全沒有。

其他超乎我想像的，是房間裡有水槽。魚兒在房門旁邊的水槽裡悠游轉圈。

「妳喜歡這種的？」

「那是日野釣到的。妹妹喜歡照顧動物，就交給她了。她在學校也是飼育股長。」

島村說完笑了。「好懷念的詞。」我也笑了。

「現在還有這種職位啊。」

「有啊。那麼……」

島村將書包放在桌面後，坐在被褥上。「給妳。」她將島村妹剛才使用的黃色抱枕扔給我。我接過抱枕審視圖樣，上頭快遞公司形象角色的黑貓與白貓手牽著手。總之我先放好抱枕當場坐下。

「所以，接下來要做什麼呢？」

島村伸長雙腿坐著，並徵詢我的意見。問我要如何打發時間。

島村大概是雙手閒著，所以打開了電視。將影音端畫面切換回電視頻道一看，播放的是連續劇。我對這種有點古老的畫質有印象，是小學時代看過好幾次的連續劇在重播。又重播了？我看著皮膚黝黑的主角苦笑。感覺每隔一年半就看得見一次。因為前一個時段是動畫的重播，我看完動畫會順便看這部連續劇，所以劇情記得很熟。

「又重播了。」

島村也輕聲說出類似的感想。發現和島村的細微共通點，我感到心頭一暖。

可是──

「……………………」

我靜靜坐在抱枕上，輕敲側頭部。

目光如同在追逐殘影，靜不下來。

我覺得不應該混淆夢境與現實，卻有種突兀感。

我和島村的相對位置，有點遠。

「那個，島村……」

「嗯～？」

島村依然面向著電視，而且在脫襪子。
我看著襪子被扔到被褥外側，之後試著如此提議。
胃感到一陣緊繃，心裡想著不要說出口——
「那個，我想說，可不可以坐在島村的大腿中間……」
我到底在說些什麼啊？這樣完全就是一個怪人小聲說著莫名其妙的——
「咦？可以啊。」
居然可以喔？……咦？咦，咦？這是我作的夢嗎？
島村答應得很乾脆，甚至嚇到我。她打開雙腿時，表情也沒什麼改變。可以嗎？可以嗎？
我這麼心想，並且慢慢鑽進她雙腿之間坐下。
低下頭便能看見島村的雙腿。唔哇，唔哇。我開始頭昏眼花了。
我無法立刻靠在她身上，只能維持抱住雙腿的坐姿僵在那裡，和她之間產生微妙的縫隙。以腰部支撐上半身的姿勢造成負荷，很快就開始痛了起來。我身體開始微微顫抖時，島村開口向我詢問：
「妳在做什麼？」
「呃，因為……」
島村感受到我說不出來的困惑，露出狐疑的表情。
「嗯？我妹就會這樣和我坐，這不是很正常嗎？」

在島村心中，我和妹妹是相同待遇嗎？

我無從判斷這樣是好是壞。總之有一股火熱的情緒湧上心頭。

「正…正常是正常……」

我要是沒這麼說，感覺屁股好像會被猛踹一腳，讓我整個人滾到房間角落。所以我說謊了。

這大概是乘人無知之危吧。其實還滿正常的？是嗎？我不曉得。

把頭轉過去島村的臉就會在旁邊。光是想像就覺得耳朵發燙。慢著，這樣不對勁。我太在意現在的狀態了，導致電視的聲音完全沒有傳入耳中。而且耳朵熱得發燙，甚至熱得慢慢開始感到疼痛。不曉得身後的島村是否也察覺這一點。

「嘿！」

「哇！」

島村抓住我的肩膀拉向自己，我的身體赫然朝著島村倒下。大概是彆扭的姿勢讓她感覺不自然吧。不過這個舉動過於出乎意料，我像是溺水般揮動雙手靠在島村身上。明明島村個子比較嬌小，我卻完全被收入她懷中，真的變得像是島村的妹妹一樣。島村豈止就在我身後，她就在我正上方。島村以平靜的表情俯視著我，似乎沒什麼特別的想法。

我稍微挺直背脊，島村就再度躲到後面。「嗚……」我聽到島村發出對於身高不滿的聲音。而我背靠在她身上的這個事實，使我手腳失去了力氣。

我在被褥上伸長雙腿，嘆了口氣。夢境與現實的輪廓重合在一起，讓我頭昏眼花。我抱著彎起的雙腿，以背部感受島村的存在。島村位於薄薄牆壁的另一頭。

這面牆就是我的背，不論怎麼做都無法除去這面牆。

「妳有……男友嗎？」

我像是小鳥啄食般自然而然地開口。就好像是忍不住要這麼問的感覺。

事後回顧，我覺得自己從這時候開始就變成一個會擅自動作的人類。

「妳覺得有嗎？」

這句回應有點壞心眼。即使對島村沒有其他意思，我應該也會差點發出聲音來表達不滿。

「沒有。」

「嗯，猜對了。而且我之前應該就說過沒有男友啊。」

「……是這樣嗎？」

我的大腦沒有正常運作到能回想起這種事。

「我才想問安達，妳沒有嗎？」

「沒有。」

我以相同話語否定。「這樣啊。」看島村的反應似乎並未特別在意。

因為被問，所以回問。肯定只是這麼回事吧。島村大多如此。即使質疑為何突然問這種問題，也會以自己的方式得出答案，不會和我深入聊下去。島村不會硬是對我說話。

如同彼此之間有個不準確的尺規，測量公分長度的方式也不同，使得我們無論誰怎麼動都無法填補這段距離。我覺得我們將會一直持續這種關係。

我一想到這裡，就稍微轉過頭去。島村隨即出現在我面前。

和夢境裡的距離一樣。我和島村近距離四目相對。

「怎麼了？」

看來即使是島村也會覺得怪怪的。怪怪的。對，很怪。

鎖骨好痛。一般應該都是胸口痛，但我的狀況是骨頭痛。骨頭發出劈啪的摩擦聲，如同要穿出體外。原因恐怕是脖子過度使力造成負擔。脖子好痛，只有頭很難受，甚至擔心頭會掉下來。

我想舒坦下來。我立刻明白為此該怎麼做。

咦？

『我喜歡妳！該這麼說嗎……』

咦咦？

哎呀？

哎呀呀？

我想說什麼？

不對，我說了？我沒說？要是說出來又被她聽到，將會如何？會變成什麼樣子？

「嗯？」

島村表示疑惑。看來我果然沒發出聲音。

喉頭失聲的感覺。

眼角又乾又熱。

『我…我好像喜歡島村。』

聽得到喉頭傳出寒冷空氣穿過的咻咻聲。果然發不出聲音。

像是心臟附著在骨頭上一起陣痛作響般，身體從內側克制著我。

無法眨眼，眼珠拘束到像是貼在眼窩深處。這雙眼所看見的島村正對我感到懷疑。我身體微微晃動，她就驚訝地動了一下。

『算…算是喜歡嗎？大概……只是一種假設而已。像…像是喜歡？的這種感覺……』

我到底想講幾次啊。我感覺得到下唇與下巴慌張地顫抖著。

這樣不行。不能這樣。我這個呆子。責罵與嘲笑穿梭在腦海之中。記憶與意識如同蚯蚓般畫出扭曲的線條，費盡千辛萬苦才用不穩的步伐橫越腦海。這是、這是、這是——

這是大笨蛋才會做的事。

愣住的島村，她的嘴巴如同是借來的器官般，動得不太確實。

「那個，還好嗎？在呼吸嗎？妳滿臉通紅耶。」

這句話，以及島村伸手碰觸我嘴角的動作，成為了導火線。

眼前被如同洪水般的純白光芒所吞噬。
回過神來，我已經起身跑走。不知為何我會如此客觀解釋自己的行為。
明明手臂發出的摩擦聲和腦袋因疼痛所發出的哀號聲，全都是屬於我自己的。
「等…等一下啦！」島村這麼說卻完全沒有想追上來的樣子，我留下她自己逃走。
下半身差點無法動彈，我甚至擔心無法好好騎腳踏車。

頭用力埋進枕頭。我不禁扭動身體並按住自己的頭。
我沒有路上的記憶，還以為是瞬間移動回到自己家。可是腳非常的痛，證明我確實是拚命踩踏板飛奔回來。
書包忘在島村的房間，但我不可能有辦法去拿。
「嗚嗚嗚嗚嗚嗚，嗚嗚嗚嗚嗚嗚嗚……」
我趴在枕頭上發出呻吟聲。我到底在做什麼？在做什麼啊。從頭皮冒出的滴滴汗水，聽起來像是如此問我。我一邊發出「啊嗚嗚嗚啊」這種像是丟臉慘叫的聲音，一邊脫掉制服外套，接著再度反覆發出「嗚嗚嗚啊啊啊」的聲音。
「哇啦叭喇啊啊啊啊，哇啦叭喇啊啊啊啊啊……」
源自情緒而產生的新創日語，連我自己都完全不曉得是什麼意思。

光是試著回想剛才說了什麼，就會發出慘叫聲。有種頭從髮際分線逐漸凹陷到腦袋裡的感覺。我數度嗆到，眼角滲出淚珠。

抬頭一看，還看得到遠方的夕陽。

為什麼還沒西沉？我的心境就如同絕望正在掏挖我的眼眶下緣。

「嗚嗚嗚嗚嗚嗚嗚，脖子，好痛。好痛，痛痛痛，好痛……」

既熾熱又昏暗，實在無法嚥下的某種東西，在胸腔裡循環翻滾。

不想結束的念頭與想要結束的想法，如同瀑布般墜流而下。

即使太陽西沉又東升之後，我也還能有明日可言嗎？

等邊 TRIANGLE

她第一次展現那麼高超的逃跑速度。

安達跑出房間之後，電視依然開著，我不經意面向螢幕。在尚未合上的雙腿間看得見被褥微微下陷，留下安達坐過的痕跡。我回顧臉紅得比金魚還明顯的安達在最後臉色逐漸鐵青的樣子，納悶究竟發生什麼事。她似乎想說什麼卻哽在喉頭，是那麼難以啟齒的事嗎？安達可能難以啟齒的事，比方說——

「嗯——」

不，怎麼可能。

「唰叭嗟叭～」

妹妹進入房間。我至今依然和小學四年級的妹妹一起分配在同一間「孩子房」。如果我是男生應該會分房，但父母覺得既然是姊妹，維持原狀也無妨。為了讓我讀書到深夜也能繼續讀書，隔壁的置物室準備了暖爐與電風扇，但只有瀰漫灰塵的空氣無從解決。

「不在耶，嗯。」

妹妹環視室內，大概是在確認安達不在這裡了。接著衝到房間一角的電視前面，拿起依然連接在遊樂器主機上的手把。她又要繼續玩？我趴著看她，她隨即面向我。

「姊姊，來打電動吧。」

「咦～」

妹妹明明很弱卻老是想找我玩，而且交戰輸了會立刻不高興，變得很少說話，所以我得適度放水讓她贏。這部分其實有點麻煩。現在更是如此。

妹妹不等我回應就打開電視，並轉到影音端畫面，再按下遊樂器開關。看來她充滿幹勁。

「好，加油吧！」

我無奈地拿起手把。

妹妹立刻鑽到我大腿中間坐下，靠在我身上。平常我不以為意的這個動作，這次卻令我在心裡發出呻吟。因為我想起了剛才的安達。

這樣難道不太正常？舉止可疑的安達使我如此質疑。

「剛才那個人好早就回去了。」

「是啊。」

我把下巴放在妹妹頭上，並敷衍地回應她。她的確沒有待太久，甚至讓人搞不懂她到底來做什麼的。

「妳們吵架了嗎？」

「呃……我也不清楚。」

妹妹準備的是拼圖對戰遊戲。色彩繽紛類似珠子的東西從畫面上方接連落下，這種珠子只要同色相連就會消失，所以要堆疊起來巧妙達成連擊來消除。即使都是隨便堆疊起來消除的，也會擅自產生二連擊、三連擊。妹妹也大同小異。

早知道應該和安達玩這種遊戲。我現在才想到這個點子。

我從以前就一直體驗到這種類似後悔的感覺，而且完全沒有活用這些經驗。

即使同樣的狀況再度發生，我應該也想不到要這麼做吧。我隱約有自覺到自己都不是很關心自己。

我獨處時完全不會打電玩，也不太看書，不會去看電影，買東西也頂多是配合換季去買幾件衣服而已。安達曾經問我如何度過假日，但我有點難以回答。我大多在發呆。

我是這種人，所以選擇範圍很小。不對，說到底，我能想到的答案也沒有多到可以供我選擇。我經常覺得自己的指尖看起來又細又扁平，這種時候總會感到不舒服。

現在看起來又是如何呢？會是指尖纖細得有如無法抵達任何地方，死路般的手指嗎？

安達那件事使得真相不明，我也打不起精神確認。

我思考著這種事隨便動動手指，結果我難得沒放水就被妹妹打敗。我從下巴感受到妹妹愉快的心情，心想這麼一來行得通。

我暫時移開頭，身體稍微往後。

接著我呼喚她一聲，妹妹就乖乖地轉過頭來，於是我事先比出的食指隨即戳到她軟嫩的臉頰。其實我剛想對安達這麼做，卻因為她先轉頭，導致計畫中止無法盡興。我為了消除這份遺憾而嘗試對妹妹這麼做，她輕易地就上鉤了。

妹妹，不錯喔。

「必殺頭鎚！」

「咕啊！」

妹妹歪過後腦杓向我使出頭槌。我的下顎感受到強烈的麻痺感，連太陽穴都感到疼痛。

後來，我當然徹底修理這個對我使用必殺技的妹妹。

基於昨天那件事，我預料安達今天應該會來這裡而先到這邊等她，並在這裡聽到第一堂課開始的鐘聲。「咦？」獨自坐在體育館二樓的我看向時鐘。

我注視指著九點左右的時鐘好一陣子，得出她應該不會一大早就前來的結論，重新坐好。明明沒有約好要來，為什麼會覺得意外？我抓過腳尖，將身體縮成像不倒翁一樣躺到地上，心生詫異。當我這麼做以後便突然開始覺得安達不來是正常的。可是昨天又沒做什麼事，那個傢伙真是小題大作。

我起身將書包拉過來，取出手機寫郵件給安達。

我們初識時就交換郵件網址作為問候，但至今幾乎沒用過。平常會在學校見面，而且見面時也苦無話題可聊，大多不講話，所以也沒什麼非得要特地用電話或郵件交談的事。不過我覺得這些手機功能多少也該在這種時候派上點用場吧。我思索要寫什麼內容，停下手指。

『昨天為什麼回去了？』

或許講得太直接了。這樣她可能會以為我在生氣。字面必須寫得柔和一點，讓安達願意回信。

「嗯……」

感覺只要能收到她的回應，就能默默結束這個微妙的話題。所以——

『今天精神好嗎～？問一下～』

所以，我思索到最後寫出的是這種內容。至少我看起來很有精神。寄出。

我將電話放在書包上等待她的回應。「啊！」我察覺不對，連忙改為靜音模式。我現在正在蹺課。我想起遺忘至今的事實，趕緊躲起來。

我捏起頭髮，以指縫摩擦玩弄。突然感覺嘴部周邊肌肉一緊。

要是安達因而不來學校，是我的錯嗎？慢著，我做了什麼事？我只覺得安達如同擅自興奮起來爬到樹上而下不來的貓。這麼一來，或許原因全都在安達身上。但無論原因或理由為何，她在樹上下不來的事實也不會改變。想改變現狀的話，就只能將「追究責任」之類的事當成小事，先展開行動才行。

總之我想說的就是——別因為這種程度就窩在家裡。

雖然我也完全不曉得「這種程度」是什麼程度。

「妳太軟弱囉，安達。」

結果，軟弱的傢伙直到午休都沒回信。

午休時，我步履蹣跚地進入教室，隨即引來一些人的注目。我又不是很囂張地挺著胸扠著腰在走路，但每個人和我目光相對就立刻轉頭。居然會怕我，真沒眼光。至於看扁我的妹妹是否就擁有一雙慧眼，這又是另一個問題了。

我發現不怕我的雙人組而走過去。「喔⋯喔⋯喔！」日野對我的到來有所反應。

「什麼嘛，原來妳有來啊⋯⋯慢著，感覺昨天也講過類似的話。」

日野夾起洋蔥的同時疑惑地歪過腦袋。「妳是有說過。」我如此附和，然後擅自坐在她身旁的空椅子上。今天她們一起在教室的桌上吃便當。

日野的便當裡幾乎都是馬鈴薯燉肉與白飯。看起來就很像將昨天的剩菜剩飯全部裝進去的感覺。永藤的便當則裝了很多煎蛋，看起來很好吃。「給我一個。」於是我如此要求。「我聽不到。」她居然一臉認真的在裝傻。好過分，我昨天明明幫她吃了紅蘿蔔。雖然以永藤的記憶力來說，她可能早就忘記這件事了。我覺得她會不會是每晚洗澡時洗頭洗得太久了。

不提這個，我看向教室門口。安達座位的空白，和周圍相較之下非常顯眼。

「安達沒來吧？」

「嗯，說是今天請假。」

日野如此回應。「是嗎？」永藤歪過腦袋表示疑問，這是一如往常的反應。
接著，日野說出缺席的理由。
「聽說是感冒。」
「啊，是裝病。」
我鬆了口氣。看來只是一如往常的安達稍微變本加厲。我有點擔心她昨晚會不會在匆忙回家的途中出了車禍，但現在這份擔憂解除了。
「看妳們兩個都不在，我還以為妳們又跑去體育館蹺課了。」
「今天只有我。」我聽日野這麼說，豎起食指回應。
「我們又不是總是在一起。」
「是嗎？可是我覺得妳們常常在一起啊？」
永藤以容易招致誤會的說法反駁。「不，並沒有。」原來我們在別人眼中看起來是那樣啊——雖然我否定永藤的說法，卻還是因為旁人的客觀意見而感到狼狽。我們曾經牽手，也曾經坐在一起。要說形影不離，還算是黏在一起吧。不過這是安達想這麼做——哎，畢竟我也接受了，感覺要是出言否定也說不通。
「島妹吃過東西了嗎？」
「那是誰啦……這麼說來，我好像還沒吃。」
我根本沒有母親做的便當這種東西。即使請她做，我想知道我沒有認真上學的她應該也

不會幫我做。這完全是我的錯，所以也沒什麼好說的。
安達也沒帶過便當。聽她說父母感情不好，換句話說就是這麼回事。安達確實隱約透露出不正常——應該說扭曲的部分。我初遇她的時候，她的個性更加不親近人，給我處事淡泊的印象。
「這樣啊，肚子會餓吧。來，啊～」
繼昨天之後，又是紅蘿蔔。既然不愛吃就叫家裡別放就好了啊。
不過大概是她的意見不被理會吧。
另一方面，永藤的筷子在便當盒上方徘徊。
「沒什麼我討厭吃的東西！」
「妳該不會把我當成自走廚餘桶吧？」
「不不不，別看我這樣，我很愛島村的。來，煎蛋。」
「耶～」
我在有趣的友人陪伴之下度過了午休時間。我當作是這麼回事。
接下來是打掃時間，我握著掃把，在走廊上茫然度過這段時間。期間我趁著沒人看見時偷看手機，但安達沒回信。
我依然沒收到她的回信，於是我試著主動再寄一封郵件。
因為我覺得就這麼放著她不管也沒意思。

『今天，我想去安達家，可以嗎？』

沒回信。不過安達這傢伙人很好，我到她家她應該會讓我進去。

應該吧。

安達為什麼沒回信？我在下午上課時思考各種可能性。

一、純粹視而不見。

二、還在煩惱如何回信。

三、她根本沒發現我寄信。這是最有可能的狀況。

話說如果是一，即使是我也會相當消沉，但是我想大約經過三天應該就會接受這個事實而不以為意吧。我知道這件事情講出來會讓我產生反感或是感到不愉快，所以我不打算對任何人提及這件事。

上次往返安達家門口時，安達回程畫給我的地圖還收在書包裡。翻找一下書包就立刻找到了這張對摺的筆記紙。走路過去有點遠，但是既然不接電話，就只能直接去找她了。只要見面談一下，肯定能解決各種問題。

人際關係是自然形成的東西，總覺得刻意在這方面花費勞力似乎不太對。我雖然覺得這麼做很麻煩，但放學走出校門之後仍然踏上完全不同的歸途。反正走了一段路之後，我一定

就會覺得既然閒著那去一趟也無妨。

我以客觀角度預料自己的行動，仰望陰沉的天空。今天沒看到放晴，氣溫也比昨天低，加上現在是十月後半，感覺秋意也差不多要變濃了。今年的秋老虎天氣持續得很久，體育館二樓依然很熱。或許等到不久後天氣變冷，我與安達就會忘記那個地方。那感覺就像是雛鳥遺忘最初居住的巢一樣。

我在住宅區的道路，和一群小學生擦身而過。他們毫不顧慮地發出尖叫聲，好吵。大概是考試將近，甚至有孩子邊走邊吹直笛。他們真是無拘無束。我明明沒有很羨慕，目光卻跟著他們移動。因為我也曾經是個好孩子嘛。

「午安。」

「咦？」

忽然有人打招呼，所以我看向聲音傳來的方向，接著嚇得往後退了一步。

在我身旁的是一名嬌小女孩。不過好奇怪。說到哪裡奇怪，是頭髮奇怪。

她的頭髮是水藍色。我幾乎嚇破膽，完全停止動作。

水藍色。不是眼睛的錯覺，也不是光線強弱打造出的奇蹟。是天生的髮色。明明沒什麼風卻輕盈飄動的藍髮，而且好像有細小的粒子從髮中滿溢而出。

她站在我身旁打招呼。我完全沒有印象她是誰。

「您……您哪位？」

「哎呀，看不出來嗎？」

女孩歪過腦袋，接著不曉得跑去哪裡。她消失在遠方住家轉角，不久之後又跑回來，發現她的頭部產生了變化。頭盔表面反射陽光好刺眼。但我看她戴的頭盔就明白了。雖然沒穿太空服，但她是社妹。

「原來是那個太空服裡面的人啊。」

「咻咕～咻咕～咻咕～」

她戴著這種東西跑過來，所以呼吸比平常還急促。她自己似乎也終究忍不住而取下頭盔，那頭水藍色頭髮隨即重現。

我再度受到震懾。她的頭髮本身彷彿異空間般，以明確的界線和其他事物劃分開來，就是如此顯眼。而且仔細一看，她臉蛋也相當可愛。連睫毛與眼珠都是水藍色，整體色調非常鮮明。看起來就像是無窮無盡的水色粒子在她的體內循環，並且釋放出多餘的粒子。而表面上的顏色就是其顯現。感覺她散發著一種強烈的存在感以及飄渺感，彷彿那水藍色的粒子就是動力來源一樣。

「真希望妳不用靠這個，聽聲音就能認得出我。」

她輕拍抱在腋下的頭盔。聲音沒隔著頭盔，所以聽起來判若兩人。

在太空服底下她穿著連身裙，肩膀裸露，強調白細的膚質。腳上穿著陌生品牌的運動鞋，沒穿襪子。此外她還扠著腰。

外表看起來年幼到背著小學生的雙肩書包也不成問題，但我沒看到這種配件。

「臉做好了，所以想讓妳看一次。如何？」

「居然問我如何……真…真希望妳別問。」

我不知該說什麼評語。仔細一看，她的嘴唇也微微散發水藍色光輝，那色調實在難以說是靠化妝弄出來的。「嗯？」我試著以手指一抹，卻沒抹下任何東西。少許像是粒子的東西在我碰觸她的指尖飛舞，隨即消失。這是什麼？我再度驚訝地瞪大雙眼，甚至不禁想抓住她的頭髮問個清楚。

「這是模仿地球人的臉製作的。」

「妳在瞧不起地球嗎？所以，呃……妳不穿太空服了？」

雖然我不曉得她剛才到底從哪裡把頭盔拿過來的。「呃——」社妹按著太陽穴。

「是啊。我一直以為地球的大家都穿那樣，實際上卻很少見到呢。」

「別說很少，我覺得根本沒有。」

雖然偶爾會在電視上看見太空人就是了。

「所以——喔！」

社妹突然摀住嘴不再說話，之後原地跳啊跳的，伸手輕拍我的臉部附近。

「妳在做什麼？」

「被別人聽到不太妙，所以耳朵請借我一下。」

「這樣啊……」

看來她的目標是我的耳朵。是打算抓住耳朵直接拉過去嗎，真誇張的傢伙。我在社妹面前屈膝蹲到和她身高一樣的高度，她就將臉湊過來。像是氣味實體化的粒子輕盈包覆我的鼻頭。靠近過來的社妹，臉部輪廓很耀眼，彷彿五官各自在發光，看著她會擔心自己被那光芒吞噬，同時為其著迷。

她將嘴湊到我耳際，說出「嘰哩咕嚕」四個字。需要這種開場白嗎？

「其實我是外星人，也是未來人。」

「這個設定我之前聽過了。」

的確，被人聽到可能會有點不太妙。主要是會被懷疑腦袋有問題。

不過，她這種外表發揮說服力，令人覺得這番話煞有其事。

「我是外星人的真相要是曝光，會被劫頗。」

「劫頗？解剖……妳對地球人的偏見會不會有點太過頭了啊？」

其實我記得小時候好像看過類似的節目，說美國公開了外星人解剖影片之類的。當時一起看電視的母親捧腹大笑。現在的我就明白她為什麼會那樣笑，但當時的我覺得解剖行為本身很噁心。

「所以我試著脫下那套衣服行動，以免太過顯眼。」

社妹說明到這裡便把臉移開。嗯，原來如此。拜託表情別那麼得意。

「但我覺得妳這樣也顯眼到不行啊。」

經過附近的小學生，幾乎都對社妹行注目禮。我覺得這是當然的，因為只有她和街景格格不入，如同粗糙的合成圖片。而且仔細一看，她的髮型很奇怪，後面頭髮綁成了蝴蝶結。不是髮飾，是直接用頭髮打結。

美麗得令我想起遠方國度的藍色蝴蝶。如同水流形成蝴蝶的形狀——不過慢著，頭髮以這種方式綁起來不要緊嗎？綁得還挺緊的耶。

「這樣不會痛嗎？」

「綁得太緊，結果拆不掉了。」

我拉扯髮結附近的頭髮，她隨即發出「呀啊！」的尖叫。雖然她在外表上真的讓人難以相信是真的，但內在似乎和我妹一樣糟糕。加上身高差不多，她們見面或許會成為好朋友。

不，應該不可能。我妹看到這種髮色應該會嚇得到處逃竄。

「妳剛放學正要回家對吧？今天沒聞到美妙的味道。」

她拉著我制服衣袖，鼻頭湊到我的指尖。她說的美妙味道應該是甜甜圈的甜味吧。她不斷使力拉我的袖子，我的制服快要被她從肩頭扯下。「喂，給我放手！」我以時代劇的語氣說完一拉，「哎～呀～」社妹便開始轉圈。

該說她意外地很配合，還是該說她一點也不像外星人呢。

「不過，嗯嗯……」

社妹走回來打量我全身上下。又是挺直身體，又是繞到我身後的，害得我也跟著被這段期間經過的小學生行注目禮。她果然無論如何都很顯眼。

每次行動就揮灑粒子，像是在描繪銀河的社妹停在我的正前方。

接著她露出牙齒，向我投以純真的笑容。

「我感覺到好像有種命～運～在牽引著我和妳呢。」

「是嗎。」

我隨便應付突然說起這種話的社妹。

社妹從外表看起來的確很像有背負著一兩個很偉大的命運的感覺，但我認為我只是個極為平凡的女高中生。雖然染髮備受批判，讓妹妹大喊：「不良少女～不良少女～」，母親也說：「妳這辣妹！」算是臭罵我一頓？但是在其他方面大多很平凡。

「我想，妳應該是為了遇見我而生的。」

突然就被說和她之間有這樣的命運了。

我很驚訝，但還是嚥下這句話，反芻之後鎮靜下來。

「咦，是我嗎？這種時候，應該是妳為了遇見我而生才對吧？」

雖然這樣也是挺莫名其妙的。一個可愛的女孩對我講這種話，感覺怪怪的。

「不，因為我還有其他不同的使命。」

社妹板起臉用力搖手。她把我講得像沒有其他事情可做的閒人一樣，讓我有點火大。於是我捏起她的臉頰往兩側拉。

「呵呵呵，肥又呃（沒用的）。」

社妹就算被捏臉頰仍然露出無懼的笑容。看來再怎麼捏、再怎麼揉她柔軟的臉頰也不會感到難過。即使臉變得像是飛鼠，看起來還是跟個沒事人一樣。所以我改為拉扯她那個從正面看會露出∞一角的髮結。「呀啊！」生效了。看來再怎麼樣還是沒辦法讓頭髮也變軟。我玩了一陣子之後就放了她。

而剛剛抓住她的那雙手中，有光芒在手心上跳著舞。

這次，我還沒質疑這是什麼東西，就為這美麗的光景著迷。

「喔，我忘記正在張羅晚餐。」

撫摸著頭髮的社妹邊仰望天空邊這麼說。天上明明只有雲，她卻一副在確認時間的樣子。而且她居然說「張羅」，不曉得她過著什麼樣的生活。

畢竟她乾淨得不像是在野外生活，也應該不是這麼回事。

「今後恐怕還會再見面吧。那麼下次也請也請～多多指教～！」

社妹說著便揮手跑走。

看她跑走的背影，模仿蝴蝶身形的頭髮彷彿在振翅飛翔。

飄散粒子所描繪出的軌跡，使我不禁看得目不轉睛。這讓我聯想到那個叫作什麼仙子的小精靈。但以精靈來說她好像有點太俗氣了，而且還很貪吃。

包含這份豪邁感在內，這傢伙充滿謎團。很難相信她和我待在同一個城鎮裡。
「那麼……」
去安達家吧。雖然好像讓一件事告一段落了，但其實什麼都還沒開始。

我幾乎沒迷路就抵達安達家，接著最後再確認手機一次。好，沒回信。按門鈴吧。
正當我在思考如果是用對講機應門的話該怎麼自我介紹時，先響起了開鎖聲。
「來了～」
安達發出聽起來剛睡醒且沒什麼感情的聲音推開門。居然沒確認是誰，真不小心。
「嗨。」
我微微舉起手，簡短打聲招呼。正在揉眼睛的安達僵住了。
印著沒鼻子大象的縐褶T恤，以及亂翹的頭髮，這副慵懶模樣令我忍不住笑了出來。看得出來是在睡懶覺，真羨慕。安達的雙眼逐漸睜大。
然後，安達默默關上門。動作精準到像是影片倒帶一樣。
「啊，等一下——」
「等我十五分鐘！」
「咦，還挺久的。」

屋內響起在走廊奔跑的聲音，看來真的要我等。杵在別人家外面十五分鐘，鄰居不會起疑嗎？我左右張望。

「救命～開門啊～」我開玩笑地如此敲門也沒反應，只好死心轉身背靠門板蹲下。我蹲著操作手機，得知現在時間剛過四點。走路果然花了不少時間，何況還遇見會發出詭異光芒的傢伙。

手心已經沒有殘留那種光粒。看來奇蹟不是能夠傳播出去的東西。我覺得如果我有那種閃亮亮的東西就不需要化妝了，但換個角度想，適不適合好像又是另一個問題。這就跟原本就很漂亮的東西在發光會很美，但從破袋子散落出來的垃圾在發光就一點意思也沒有是一樣的道理。不過這並不代表我是垃圾就是了。

說起來安達花十五分鐘是想做什麼？換裝跟梳理頭髮？明明只是和我說話而已，她真是小題大作。但我也能理解她不想被朋友看見邋遢模樣的心情。在學校教室裡的形象瓦解或被迫瓦解都會讓人靜不下心。

我繼續蹲在門前，輪流玩單人猜拳與單人接龍消磨時間。

經過這段非常有意義的時間之後，我感受到有人對背後的門施加力道，所以離開門板起身。不同於最初隨便的開門方式，安達慢慢從門縫探頭。

她氣喘吁吁，大概真的是非常匆忙地在做準備。看她現在這樣，我覺得乾脆別等十五分鐘或是讓我等三十分鐘，還比較不會露出醜態。她頭髮不再亂翹，卻因為到處跑而變得凌亂。

然後又多了一件我無法理解的事。

「為什麼穿制服？」

「順勢就穿了。」

安達以手梳理頭髮，一副難為情的樣子。臉頰很紅，我差點回想起昨天的事。

「現在要去學校？」

「別這樣啦。」

此時安達終於稍微笑了，門也大幅打開。

安達放下靠在門上的手，露出類似苦笑的表情。

「不過，別突然跑來嚇我啦。」

「才不突然好嗎，我寄了郵件。」

「郵件？」

「果然沒看啊，妳這傢伙！」

我半開玩笑地敲她頭。「啊……」安達目光游移片刻之後點頭回應。

「因為我書包忘在島村房間沒拿走。」

「啊，原來是這樣。」

意思就是安達的手機只是空虛地在我的房間裡響著而已。

「沒什麼人會打電話給我，所以我覺得扔著也沒關係。」

她至此的反應都很平淡，卻突然像是察覺到了什麼事一樣，恍然睜大雙眼。
安達踏出會讓膝蓋踹開門的一步，向我詢問一件事情。
「妳有偷看我手機的內容嗎？」
「我連妳的書包放在我家這件事都是剛才才想起來的。」
「那就好。」
安達放心地吐了口氣。她的手機裡到底都裝滿了什麼禁止閱覽的資料啊？我有點在意。
「咦，不過對喔，妳是因為這樣才沒來學校的嗎？因為沒書包所以去不了之類的。」
「只是很睏。不過……也有一小部分是因為島村。」
居然有。安達像是回想起某些事情般看向下方，感覺耳朵也似乎微微泛紅。
「早知道應該拿書包過來給妳。」
「啊，嗯。明天我會去學校，到時再給我。」
「知道了，我會帶去。我不會亂玩手機，放心吧。哈哈哈。」
我說著不好笑的玩笑話。安達完全沒笑。
她只有口氣凶狠地講出「不准看啊」這句話，所以我只好對神情嚴肅的安達點頭說聲「遵命」。
「妳寄了什麼郵件？」
「今天精神好嗎～？這樣。」

「那麼——很好啊～」

安達彎曲手臂，擺出展現厚實肌肉的姿勢。

大概是因為覺得很丟臉所以一下就不做了。

「再一次。」

「不要。」

我一邊把手機的相機鏡頭對準她一邊向她央求，結果被她立刻拒絕了。真可惜。

「所以，差不多能讓我進去了嗎？站著講話也不太好。」

「啊……但我今天要打工。」

安達愧疚地說道。學校蹺掉了，打工卻不蹺？這樣……算是了不起嗎？

「唔，這樣啊，那我走了。」

畢竟已經見到安達也講過話了，郵件的謎底又順利解開，已經足夠了吧。該辦的事都辦完了。

「咦，妳已經要回去了？」

我才轉身，她就留住我。不是要打工嗎？我以這樣的眼神看安達，她隨即慌張回應。

「只是聊一下的話，還有空。」

「嗯……有什麼要聊的嗎？」

處於這種氣氛時，我與安達總是沒話說。畢竟嗜好不合——應該說是因為我沒有任何嗜好，無法和安達配合。對於課業或學校的抱怨，也因為我們沒有好好體驗學校生活，無法成為彼此之間的話題。

「安達，來個話題吧。」

既然是她留下我，自然應該由她這麼做，因此我要求安達來撐場面。安達上半張臉抽搐，露出明顯表示困擾的表情，看起來也像是要笑不笑。

「今…今天精神好嗎～？」

「很好啊～」

我沒擺秀肌肉的姿勢。問了 How do you do 就回答 I'm fine 所以 Thank you 之後話題就這樣結束了。

「…………」

「…………」

最後還是由我先開口。

「看來妳睡得很好。」

我如同指摘現在沒了得睡翹的頭髮，指著安達的頭。她隨即移開目光。

「不小心的。」

「不小心。嗚～真羨慕。我上課時可是想睡得不得了。」

明明不是英文課，我卻想睡得幾乎聽不懂老師在講哪國話。如今已經很難單靠一點點的

用功努力去追上落後的進度了，得趕快彌補才行。
「話說回來，妳的感冒好了？」
我壞心眼地詢問，安達刻意咳嗽幾聲。
「這似乎是有人詢問就會突然惡化的惡性感冒。」
「我被傳染的話，安達應該也會過意不去，所以我早點走吧。」
「啊，騙妳的。已經痊癒了。」
說到底，得到感冒這件事本身就是個謊言吧？我們相視而笑之後，對話再度中斷。
平常處於這種氣氛也沒問題，但今天不容許如此。沒什麼特別的理由。
「來，安達，下一個話題。」
我如此催促，做出招手的動作。接著安達開口了。
她的眼睛有些不安分，轉來轉去的。這模樣令我印象深刻。
「島村，我問妳喔。」
「嗯？」
沒想到她真的有話想對我說。要說什麼？我抱持期待等候，安達欲言又止地說：
「要不要一起約……一起去玩？像是週六隨便找個地方去玩之類的。」
「玩？去哪裡玩？」
雖然她話中有些地方讓我很在意，但我還是回問她。「哪……哪裡都好。」安達支支吾吾地回應。

「週六不用打工？」

「是晚班。所以白天沒問題。」

「那，嗯……是可以啦。只要由妳決定去哪裡，我就去。」

就算我把麻煩工作全扔給她，安達還是回答「嗯」的一聲，開心點頭。

「嗯……那我該回去了。要好好打工喔。」

雖然從剛才說要回去到現在還沒經過多久，但似乎也沒其他事情可聊了。安達似乎也滿足了，這次沒有阻止我離開。放下的手不知何時又輕輕靠在門上。

週六啊……這是第一次在假日和安達外出。

不過某種意義上，今天對於安達來說也是假日呢。啊哈哈。

「還有，剛才那件大象T恤哪裡有賣？」

「不要問。」

我聊著這個話題，並踏出腳步離開安達家門口。

獨自踏上歸途約經過五分鐘之後我自問：

「安達剛才……」

是不是要說「約會」？

怎麼可能。

會合地點是在巨大的購物中心裡。我們約好以長椅與巨大的樹作為標識。其實我也很自虐地提議在思夢樂前面集合，但這樣不太有趣，所以作罷。

大樹旁邊的長椅坐著一群老爺爺。他們喝著紙杯裡的咖啡，就好像散步到一半一樣非常悠哉地在休息。人數約六人，我一開始不曉得他們是怎樣的集團，不過在旁邊聽他們聊天便得知他們接下來似乎要去購物中心裡的保齡球館。

也能打撞球或射飛鏢的那間球館剛開張時，我曾和妹妹一起去過。

……我邊回想這些事，邊朝旁邊偷看了一下。那個傢伙理所當然地又出現了。

「妳為什麼會在這裡？」

「喔喔，命～運～」

社妹的發音聽起來不像是命運，反倒像挽回「名譽～」的發音。

沒裝備太空服與頭盔的社妹，不知為何會位於會合場所。正確來說，她坐在長椅上，看到我就來到我身旁。不知為何雙手交叉在胸前。

「不曉得彼此來到這裡卻相遇，看來我們之間果然有命運在牽引著啊。呼嘻嘻。」

她鼓起臉頰發出奇怪的笑聲。又是命運啊，講得真隨便。

「妳的說話方式——應該說妳這些台詞有沒有參考什麼東西？」

「我以『連續劇』學習這個國家的基本知識。」

「果然。就覺得妳講命運這種話聽起來很做作。」

換句話說，就是我覺得她好像連這個詞是什麼意思都不太清楚。她外型稚嫩，所以這種感覺更強烈。

髮型和上次一樣是蝴蝶結，但今天的蝴蝶好像有保留解開它的空間，感覺有點鬆。看來她具備學習能力。衣服也和上次不同，穿著藍色裙子和胸前印著「尻毛」的上衣。

「妳以為妳是外國人啊。」

「不，我是外星人暨未來人。」

社妹挺起胸口。這一挺就強調「尻毛」兩個字。重新看一次就覺得這兩個字真是不得了啊，尻毛。不是「屁毛」而是「尻毛」，這可是附近的地名喔。當地人可以面不改色的說出尻毛兩個字，送東西的時候也會寫在住址上。所謂習慣還真有趣。我也完全不會抗拒。

「話說回來，妳在這種地方做什麼？」

「我正想問妳這個問題……我在等朋友。」

「喔～喔～」

感覺她只是先點頭應付，我甚至懷疑她到底有沒有認真聽我說。

「妳呢？」

「只是不知不覺晃到這裡，然後就發現妳。」

「這樣啊。」

「這是命運對吧？」

「是是是。」

我敷衍地打發她時，安達也來了。

從安達家來這間購物中心有點遠。我以為她會搭公車來，但她氣喘吁吁，或許是騎腳踏車來的。她停下腳步把雙手撐在膝蓋時，仍然抬起頭想露出微笑。

但我身旁的社妹開始小步往前走時，使她的笑容凍結。

「妳是上次見到的人吧，午安。」

社妹很有禮貌地鞠躬致意。這部分無妨，但拜託別噴灑粒子。

「咦，咦？是誰？」

安達在困惑，這在所難免。在各種意義上她應該都會感到混亂吧。

「去準備那個。」

「是，請稍待。」

社妹意外地機靈，快步走到暗處，並且和上次一樣以戴著頭盔的狀態回來。這是什麼樣的魔術？認真想似乎會害腦袋發癢或爆炸，所以我決定不去追究了。

「所以，她是上次的外星人小妹。」

「妳好～」

社妹戴著頭盔，純真地揮動雙手。不過因為這樣很詭異，所以我取下她的頭盔。

有質感，也有重量。雖然是忽然拿出來的，但確實不是幻影。

「……嗯。」

我試戴看看。側面瞬間變得漆黑，而且難以呼吸，頭好重。

我面向安達，她隨即退後一步。

「如何？」

「完全沒展現島村的優點。」

安達取下頭盔。雖然頭盔像這樣因緣際會落到安達手中，但她似乎不打算戴，像是不曉得該如何處理頭盔般看向我。

還給她不就行了？我目光投向社妹。安達依然保持著困惑神情，戰戰兢兢遞出頭盔。社妹接過頭盔抱在腋下。

「妳叫什麼名字？」

社妹詢問安達。安達的嘴像是難以打開般動作很小，支支吾吾地說：

「我叫……安達。妳…妳是？」

安達交互看著我與社妹，以眼神詢問我們的關係。

我們認識，但要說是朋友有些微妙。

「簡單來說，我是未來人暨外星人。」

「……島村，翻譯一下。」

「當成住在附近有點怪的孩子就好了吧？」

我也還沒弄清楚這傢伙的真面目。我的大腦沒有歡樂到會將她的說法照單全收，但那種粒子的存在感，不容我裝作沒看到斷然否認。今天她的頭髮與眼角也輕盈飄出燐粉般的水藍色粒子。

關於這個如同精靈的傢伙，我只知道她愛吃甜食，而且莫名欣賞我。

我明明不記得做過什麼事，也沒和她聊過什麼。大概是因為我曾經送她甜甜圈吧。很抱歉，我並沒有像她一樣感覺到我們之間有什麼命運的牽引。

畢竟最初遇見時她身穿太空服，而且裡面又是精靈。這股震撼使我無暇在意其他事。

「妳等的朋友就是這位？」

社妹指向安達。「沒錯。」我回答之後，社妹有所動作。

「那就走吧。」

「咦？」

社妹帶頭踏出腳步，所以我發出表示疑問的聲音。社妹轉過身來。

「我請客，當成上次獲贈甜甜圈的謝禮。」

「慢著，妳要跟來？」

安達投以像是要問這個問題的目光，所以我先問社妹。「那裡有香味。」社妹理所當然地無視於我。自我中心的態度彷彿我妹。

「怎麼回事？」安達說完皺起眉頭，似乎是跟不上話題演變的速度。我也是相同的心境，所以她這麼問，我也不曉得該如何回答。我頂多知道安達看起來有所不滿。

「不跟來的話會迷路喔～」獨自走在前面的社妹轉身揮手。雖然很想跟她說「妳才像會迷路的人啦」，不過沒辦法了，跟她走吧。

「啊！」我於此時察覺一件事。我伸手抓住安達的手腕，她隨即像是觸電般一顫。

我唐突地抓住她的手似乎令她嚇一跳，眼神看起來很慌張。

「怎…怎麼了？」

「想說妳可能會逃走。」

「咦？……啊。」

看來她察覺到我在說上次車站前面發生的事。這次的組合和上次一樣。因為安達露出尷尬的表情，所以我完全無視於這些事，露出笑容。

「難得來了，要是妳立刻逃回去就不好玩了吧？」

如果就這樣回家，不曉得下午之後要如何度過。

安達依然一臉不開心的樣子，以指尖摩擦臉頰。這動作像是在抓癢。

「我不會逃走……就是了。」

「但妳應該有很多疑問吧，而且我也有。總之去看看吧？」

我拉著安達的手快步走向社妹。既然她要請客，我也沒什麼特別的理由拒絕。我反倒在意她是否有錢。

「啊，還有一件事，早安。」

我邊走邊向安達打招呼。安達一直被狀況耍得團團轉，但她眨兩次眼之後，露出不太明顯的笑容說聲「早安」回以問候，並且也主動踏出腳步。

我們兩個一起追著社妹那耀眼到就算相隔數百公尺也不太可能追丟的嬌小背影。我抓著安達的手腕追著光之精靈跑，感覺似乎會就這樣誤闖到童話世界裡去。

社妹帶我們來到購物中心內部超市前面的店。從店門口招牌來看，這間店是以披薩、義大利麵與歐姆蛋舒芙蕾為賣點。看她挑選的店很正常我就放心了。要是告訴社妹入口旁邊有甜甜圈店，她應該會跑去那裡吧。

「不錯不錯。」

社妹如同被香味吸引般，搖搖晃晃地入內。如同精靈的她進入店內，店員有一瞬間被她嚇到，但姑且以笑容迎接。「共三位。」社妹不知為何先豎起手指示意。

店裡客人大多是中年婦女。我們被帶領到其中一桌，社妹很順地率先坐了下來。我看向她正對面的座位，正打算坐在那裡時——

「來來，這邊請。」

「咦？嗯，喔。」

社妹向我招手，於是我便照她的意思坐在她身旁。社妹投向我的純真笑容就好像我妹一樣，我不禁輕摸她的頭，令頭髮與手指之間散落了無數的粒子。

坐下導致我的手心和安達的手腕間角度變大而產生摩擦，我至此才想起自己一直抓著安達。這樣安達沒辦法坐下。

「啊，抱歉。」

我放開安達的手腕。再怎麼樣她應該也不會逃離這裡吧，而且她自己也那麼說了。

不過，安達沒有立刻坐下。她不知為何一副不悅的樣子注視著社妹，就這樣一直掛著像小孩在鬧脾氣的表情站在我旁邊，接著輕推我肩膀。

「島村，再坐進去一點。」

「咦？嗯，喔。」

不小心做出和剛才完全相同的反應了。我坐過去之後，安達坐在我旁邊。

「……不對不對不對。」

這樣很奇怪。為什麼大家都坐同一邊？又不是等等有人要來坐對面，太不自然了。店員放水杯的時候不也因為我們這樣坐而覺得有點困惑嗎？

她們坐在兩側，我要坐到對面也挺麻煩的，而且安達也沒有要移動的意思。她掛著尷尬表情，不時看向這裡。

尷尬的是我好嗎？社妹又只有在一旁不斷喝水而已。

「那個……請在決定要點餐之後叫我一聲。」

店員放下菜單就匆匆離去，看來好像是感受到我們幾個之間有種詭異的氣氛。這代表人類確實有能力感應到無形的東西，如果讓這種能力增強的話，搞不好要感覺到幽靈的存在也不成問題。我不經意思考這種不符合場面氣氛的事。

「我決定好了。我要點這個軟綿綿的歐姆蛋舒芙蕾。」

喝完水的社妹指著在菜單最前面的照片。煎出焦香痕跡的煎蛋放在小小的鐵板上，看起來就很好吃。我原本也想點一樣的，不過看到周圍餐桌上的披薩就覺得點披薩也不差。還有義大利麵也不錯。也就是什麼都好？如果有人這麼問的話，那的確是這樣沒錯。

「安達要點什麼？」

「可以隨便點妳喜歡的喔。」

社妹露出得意洋洋的表情這麼說。安達看了我們一眼，伸出手。

「我看不太到，借我一下。」

「來。」

我把菜單遞給她。因為安達把菜單拿在胸前，所以先不提我，社妹會看不見菜單的內容。雖然她已經想好要點什麼了應該是沒什麼關係。社妹也只是在桌子下方擺動著雙腳而已，看

起來完全就是個靜不下心的孩子。
「島村要點什麼？」
安達捏著我的衣袖。「要點什麼呢……」我和她一起看著菜單猶豫。
我朝旁邊上桌的披薩一瞥，是一個人吃會太多的量。
「要不要披薩與義大利麵各點一份分著吃？」
我如此提議，「好啊。」安達一口答應。緊接著——
「咕啊！」我側腹忽然被戳了一下。轉過去一看，發現社妹正以食指戳著我玩。「喂！」
我拉社妹的臉頰問她在做什麼，她發出呼齁齁的笑聲。
「因為沒事做。」
「妳沒事做就會用手指戳別人要害啊，原來如此。」
這傢伙雖然長得一臉呆樣，倒是挺危險的。我將她的臉頰往各個角度拉著玩，「咕呃！」這次是安達捏我側腹。我的側腹這麼迷人？這讓我一點都開心不起來啊。我捏著社妹的臉頰轉頭一看，看到安達正裝作好像什麼事都沒發生似的看著菜單。真希望她能將內心的意圖好好說出口。
「島村決定點什麼披薩吧，我決定義大利麵。」
安達若無其事地向我搭話。順帶一提，她依然捏著我的側腹，社妹的臉頰也依然被我捏著，還發出「呼嘿」的聲音。我就在這種已經完全搞不清楚是怎麼回事的狀態下做出選擇：

「那就這個。」
我選的是培根綠櫛瓜披薩。「那我點這個。」安達點熟成番茄義大利麵。決定餐點之後，我以眼神向店員示意，店員立刻走過來。
這次店員不知為何像是在忍笑般，帶著溫馨的笑容走來，看來是因為看見我在拉社妹的臉頰玩。雖然我跟社妹應該怎麼看都不像姊妹就是了。最靠近店員的安達和我們不同，以缺乏感情的聲音平淡地點餐。
我受到這股氣氛影響，放開社妹的臉。「呼～」社妹撫摸臉頰之後，仍然擺出高姿態說：「可以多點幾道喔。」但我只以客套笑容回應。
點完餐一段時間後，迎來一陣沉默。社妹默默地把紙巾當成摺紙摺著玩，我與安達則一如往常。應該說我覺得安達心情好像比平常還差。
她是不是不喜歡社妹呢。既然這樣，是不喜歡她的哪裡？我朝社妹看了一眼。
即使只是像這樣坐著，她的存在感仍然異於常人，無法融入背景的白色牆壁。特異的髮色與端正的容貌讓她看起來就像是掌握著世界的命運，或是能以神奇超能力操縱超大型機器人。但實際上她卻只是把紙巾隨便摺一摺之後說：「哼哼哼，怎麼樣，這是蚱蜢。」如此得意洋洋地炫耀自稱蚱蜢的成品而已。與其說是蚱蜢，看起來更像是筷枕。
這種程度，我也摺得出來。我拿起紙巾學她摺。
「喔，是筷枕耶。」

「和妳的蚱蜢一模一樣。」

「哪裡一樣?」

社妹認真露出詫異的表情歪過腦袋。唔哇,真令人火大。

「我的比較像蚱蜢吧?」

我徵詢安達的同意。手托著臉頰的安達嫌麻煩似的朝這裡看了一眼,「兩個都不像蚱蜢。」她冷淡回應。唔。社妹哀嘆道:「喔~地球人還真是沒半點眼光。」說這種話的傢伙就暫時扔在一旁吧。

「安達。」

我搭著她的肩,幾乎在她轉頭同時捏她臉頰。因為是偷襲,所以很輕鬆的就捏到她的臉。

「怎麼啦~?」

安達一開始僵著表情沒有變化,但慢慢地臉頰卻像是恢復血色般逐漸泛紅。

我捏著她的雙頰讓她的臉朝向我,並如此詢問。安達收起直到剛才都還顯現在臉上的不愉快,從手指感覺得到她現在很慌張。我揉起她的臉頰,她的眼角也跟著臉頰一起更加鬆懈了下來。

「沒⋯沒事⋯⋯」

「那就表演那招。要掛著笑容。」

「那招?哪招?」

「上次那招。好，我要問了，今天精神好嗎～？」

安達聽到這個問法，似乎回想起來了。「咦咦？」她有所抗拒，移開目光，但最後似乎還是放棄了，於是依然被我捏著的臉展露笑容。不過目光拚命逃離我。

「很…很好啊～」

她有確實彎曲手臂擺出秀肌肉姿勢，這次同樣一下子就不做了。

包含這一點在內也令我滿足，以我的角度來說結果不錯。

想說社妹怎麼又不說話，原來她正在摺第二隻蚱蜢。是想在桌上打造蚱蜢王國嗎？我摺的蚱蜢也被她拿來擺飾。

想說隨她自己玩就先不管她，順便放開安達的臉頰。

雖然安達不知道是不是因為覺得丟臉而還在抱頭苦惱著，但我稍微向她勸說了一下。

「我是不懂別人心裡在想什麼啦，像是有什麼不滿或是願望之類的。不過既然都遇上了，也會希望能和對方和平相處嘛。我希望可以這樣，也希望安達能這樣。」

我感受到安達從抱住的頭與指縫之間投出視線。雖然安達沒有給我明確的回答，不過因為我有看到安達微微點頭，所以我帶著一種微妙的滿足心情等待料理上桌。

「喔，來了來了餐點來了！這裡這裡～！」

丟臉的小孩向店員揮手示意。由於外型反常，所以也無法對她抱怨或嘲笑她的幼稚。料理擺到社妹的面前。

放在鐵板上的歐姆蛋舒芙蕾和照片不同，沒有很蓬鬆。

「噗唰～」

社妹將端來的楓糖漿整個倒上去。一起附上的番茄醬她連看都不看一眼，直接拿起叉子往歐姆蛋舒芙蕾叉下去。煎得軟綿綿的煎蛋裡，似乎有放入切塊的法國麵包。有點想吃。

「啾哇～滲進去了，啾哇……喔喔～啾哇～」

社妹每次把叉子叉進去就啾哇啾哇地喊，吵死人了。不過糖漿就如她所說的滲了進去，連我都不由得被糖漿滲進去的模樣所吸引。

社妹張大嘴巴咬下舒芙蕾，這種幸福又充滿活力的享受方式引起我的興趣。我趁社妹將舒芙蕾吞下肚時試著向她拜託說：

「給我吃一口。」

「好啊。」

社妹和剛才一樣切蛋，以叉子叉起。

「來，請用。」

「咦？」

安達比我還先做出反應。轉過去一看，發現她慌張到連旁人都看得出來她很慌張。

「怎麼了？安達也想吃？」

「不是那樣。」

她欲言又止，視線游移，期間看向社妹遞出的叉子。她果然想吃吧。但如果真是這樣，那她出聲的時間點似乎有點奇怪。

「請——快——點——吃——下——去——」

「是是是。話說妳這是什麼語氣？」

我再度看向模仿假外星人平坦音調說話的社妹，順便提出要求。

「不是那裡，我想要有法國麵包的部分。」

「島村小姐還真任性耶。」

「經常有人這麼說。」

我吃下社妹叉起的部分之後，她再度叉一塊我想要的部分。她遞到我嘴邊，所以我就直接吃了。光是輕輕一咬，過度的甜味就滲了出來並滴到牙齦上。彷彿會令齒根動搖的甜味，強烈到無法判斷好吃還是難吃。

「好甜！我覺得妳加太多糖漿了。」

「是嗎？」

看來她相當愛吃甜食，一副糖漿還加不夠的表情。真是的——我投以笑容時，再度感覺側腹出狀況。側腹連同衣服一起被拉。沒禮貌，我又沒有贅肉能拉。

「安達，我說啊，別捏我的側腹。」

「啊，嗯。我也給妳一口。」

安達，這對話不成立喔。轉頭一看，原來安達的義大利麵也已經來了。

「咦，原本不就是分著吃嗎？」

「是沒錯，那個，多給妳一口。」

安達看起來很著急地以叉子捲起義大利麵，遞到我嘴邊。居然多給我一口，安達是想餵胖我嗎？我雖然有點不安，但這是她難得的好意，所以我還是張嘴吃下義大利麵。番茄與橄欖油的味道擴散到整個口中。

甜美蓬鬆的味道就像是社妹，而番茄的濃烈味道就像是安達。我不經意覺得這些味道很像她們的個性。

我嚼食義大利麵的時候，安達注視著社妹。社妹嘴邊沾著煎蛋，毫無魄力可言。她忙著吃東西，似乎完全沒發現安達的視線。

安達投向她的並非敵意這種誇張的東西，應該是競爭心態吧。

我感覺到安達對社妹懷有這種心態。她出乎意料地有著許多孩子氣的一面啊。

我吃完義大利麵之後，安達還是很忙。又是注視叉子又是搖頭的。

而且也不忘朝社妹投以意味深長的視線。

她看向社妹的視線會經過我，連這股視線都得去顧慮實在讓我感到精神疲勞。這種聚餐不可能對腸胃友善。「再來要去哪裡？」若有人這麼問我，我會想回答「藥局」。我身體就是縮到這種程度。我思考著為什麼會變這樣的原因，似乎心裡有底又好像沒有底。我一邊為了不談及此事而含糊帶過，一邊看向櫃檯後方想知道披薩烤好了沒。烤窯飄出微焦的香氣。
我、安達、社妹。
今天不會就這樣結束。
我毫無根據地感受到這種「命運」。

聽說保齡球的重量和人頭差不多。
我不曉得真假，但若是如此，我就能理解肩膀為什麼會痠。
「好重。」
雙手抱著保齡球的社妹站不穩。她朝著這裡踉蹌，要是球就這麼掉到我腳上可不是開玩笑的，所以我和她保持距離。隨即她不知為何刻意靠近過來。
「喔喔，這也是命運使然。」
不要凡事都推託給命運。
吃完午餐之後，我們來到購物中心裡的遊樂場。吃完就回去的話也沒什麼意思，所以我和安達討論要不要在裡面逛逛買東西，隨即有個小朋友說這裡似乎很好玩而嬉鬧。缺乏自主性的我與安達，就這樣順其自然被帶來遊樂場。
這座綜合設施不只是保齡球館，還有ＫＴＶ、撞球、飛鏢、桌球等娛樂設備。我基於緣

分提議打桌球，但桌球不方便三個人一起打，所以改為保齡球。飛鏢區被看起來很恐怖的大哥哥們占據，所以我們敬而遠之。而撞球則是因為社妹身高不夠而駁回。我們基於這種刪去法選擇了保齡球。

一局六百九十圓。社妹在這裡不請客，所以是三人分攤。

雖然安達沒反對就付錢，卻一直不講話。「嗯～？」我偶爾會感覺到一股視線而看向她，但她只有搖頭回應「沒事」，不肯多說。真叫人納悶。

……不過老實說，社妹拖著我們跑，或許幫了我們很大的忙。因為我們也沒有其他目的。

「話說回來，這是做什麼的？」

社妹抱著藍色保齡球問我。

「妳不知道玩法卻提議要玩？」

「明明不曉得是什麼東西也能知道這很好玩，我真是太厲害了！妳不這麼覺得嗎？」

因為社妹徵求我的同意，所以我回答「我不這麼認為」，同時抓住她的頭。

「就像那樣，讓球滾出去打倒球瓶。」

我將社妹的臉扭向保齡球道的方向。

球瓶上方以大畫面映出各球道的影像。旁邊帶全家出遊的爸爸剛好要投球，所以我將社妹的臉部方向轉到那邊去。這位爸爸戴著專用手套，投球軌道卻完全是外行人，球偏離正中央滾向旁邊。但本應洗溝的球，被家庭用球道設置的保護牆反彈回到正中央，擊倒球瓶。

結果，雖然擊倒球瓶的聲音差強人意，卻是全倒。爸爸開心不已。

「總之就像那樣玩。懂了嗎？」

「其實我早就知道了。哈哈哈！中我的忍術了吧！」

總之我先輕拍了一下她的腦袋。粒子隨即輕盈飄現，像是追著我的手一樣接近過來，我嚇到差點跌倒。

這些粒子的動作看起來彷彿每顆都有自己的意識。我再度體會到這東西有多麼怪異。

不提這些粒子，當事人也在我身旁寸步不離。

看來這孩子完全黏上我了。老是和我說話，不和安達說話。安達也會注意我，但我實在感受不到她有意願和社妹和樂融融地相處。她們或許合不來，不過我希望她們的相處方式可以為被夾在中間的我著想一下。從剛才就只有我負責和兩人說話。

明明我自己也不喜歡又不擅長說話。口渴得不得了。

「島村小姐。」觀察旁邊球道的社妹開心地叫我的名字。

「可以由我先打嗎！」

她想高舉保齡球卻站不穩。這孩子沒問題嗎？

「是可以啊。」

「哼哼哼，我想到一個好點子。」

社妹眼神閃亮地這麼說，但我相信肯定不是什麼好事，同時移動到安達那邊。安達似乎

有些故意地面向其他地方，我坐在她身旁出言叮嚀。當然不是以嚴厲的語氣，是笑著搭話的形式。

「別逃走喔。」

「就說不會逃走了。」

安達像是孩子鬧脾氣般，微微噘起下唇。但表情變得稍微柔和了一點。

「島村還真會照顧人呢。」

「大概是因為我妹妹讓我很習慣像那樣管東管西的吧。現在這樣或許算是學以致用。」

「我也是島村的妹妹？」

「妳想叫我一聲姊姊也沒關係喔。」

我得寸進尺地開了這種玩笑。我原本期待安達會對我嗤之以鼻，或是簡短說聲「我才不要」來拒絕我，但安達沒有立刻回應。在我感到不解的時候——

「……姊姊。」

居然還真的叫了。而且這奇妙的表情，以及像是因為害羞而造成的空白時間是怎麼回事？

「妹…妹妹，什麼事？」

我邊想著我不需要更多妹妹邊配合安達演戲，之後安達抬起頭。

「島村，看那裡。」

安達臉色大變指向球道。我心想發生什麼事一看，社妹正抱著保齡球走向球瓶。沒投球而是面不改色走在球道上的樣子令周圍譁然。而且她不知何時脫掉了鞋子，用赤腳行走。

總不能扔著無拘無束得太過頭的社妹不管，所以我跑過去阻止。我為什麼非得負責顧好她不可啊？我一邊抱怨，一邊抓住社妹的後頸。「喔喔？」她訝異地轉過頭來，然後我要求這傢伙說明這件事。

「喂喂喂！妳在做什麼！」

「雖然看過之後知道怎麼打了，不過要從遠處打倒球瓶很難。」

「啊？」

「近一點不就能輕易擊倒了嗎？」

社妹一副「如何？」的得意表情仰望我。我差點因此全身無力。

「……這樣啊，妳好聰明喔～」

「對吧！」

「不過這裡是保齡球館喔～所以要打保齡球喔～」

類似的遊戲就等妳在家裡自製球道之後再玩吧。我拖著她離開球瓶。

「唔喔喔，不可以使詐啦。」

「使詐的是妳。乖乖從界線後面投球。」

我帶她離開球道之後，再次感到疑惑。

「原來妳真的不曉得保齡球？」

「因為宇宙沒這種遊戲。」

她講得一副理所當然的樣子。而且似乎不是假裝不知道。

如果她在沒保齡球的國外長大，這種事並不是不可能。但若是這樣的話，她日語也講得太好了。這種矛盾感使人分不清真假。

「還有啊……妳這頭髮是怎麼回事？不是染的吧？」

我終於問了。「這個？」社妹捏起自己的頭髮詢問。

「對，就是那個。顏色很離譜的那個。」

「很時尚吧？」

「並沒有。」

「其實本來是參考同胞的頭，但是不小心搞錯，模仿到同胞旁邊的人。」

我好想說我一頭霧水。若是省略她的部分妄語推測，似乎是原本想模仿兄妹或親戚的髮色，卻不知不覺受到對方朋友髮色的影響而變成這樣。即使如此，模仿對象身旁居然有這種髮色的人也夠奇怪了。如果真有這種人，那肯定是外星人。雖然這麼一來就搞不懂眼前這傢伙究竟是何許人也了。

「算了，還是別想太多吧。好啦，這次要正常投球。去吧。」

我輕推社妹的背。「真沒辦法。」社妹說著便一步一步往前跑。

才想說她終於投球了，但她的投球方式也很怪。

她向前撲倒在地，趴著把保齡球推出去。這和在把球投出去之前跌倒似是而非，是前所未見的嶄新投球法。趴著看球滾出去應該也很新奇吧。縱使保齡球重重撞上保護牆，還是逐漸滾向球瓶。然後保齡球華麗地掃過球瓶，漂亮打出全倒。

由於她的投球方式有違常理，所以備受周圍注目。但當事人遲遲不起來，所以我去抬她起來。我伸手到社妹腋下抱她起來，她隨即轉過來說：

「感覺不錯嗎？」

「呃，姑且算是不錯。但剛才的投球方式是怎樣？」

「想說盡量靠近球瓶一點比較有利。」

「……看來不是腦袋有問題，是沒常識才對。」

永藤用那種方式投球想必會很痛吧。主要是胸部。

因為她撲倒在地上把衣服正面弄髒了，所以我幫她拍乾淨……我好像真的很會照顧人。

但是這種程度應該算正常吧。我就這樣抱著她回到安達那裡。每當我走一步她的腳就跟著在半空中搖晃，雖然我很想要她自己走，但她異常的輕，可以輕鬆搬運，所以我也說不出半句怨言。或許社妹的身體是蛋白霜之類的東西膨脹而成，或是以頭髮散發的粒子聚合而成。我想像這種荒唐的事。

總之先不提宇宙的奧祕，雖然我多少有預料到可能會變這樣了，但安達看起來非常不滿。

唉，有個年紀相同的妹妹真辛苦。我露出苦笑。

我當成寵物抱著的社妹就這樣直接坐上我的大腿，而且完全沒有要離開的意思。她很輕所以不會很難受，不過感覺我好像會被頭髮散發的粒子嗆到。

「再來換安達來打？」

「不用。」

「請上場吧。」

我硬是要求她上場，並將旁邊備好的球交給安達。安達開始有點在耍任性時，使用強硬手段很有效，這是我最近學習到的訣竅。這次她也是有所困惑地接過球，收起頑固的態度。她大概生性不擅長拒絕吧。但我也跟她差不了多少就是了。

「話說回來，這種遊戲贏了有什麼好處嗎？」

社妹邊看著剛投的球經過機器回傳，邊如此詢問。這個問題很平淡，似乎和「打全倒很開心」這種喜悅無緣。沒有勝負概念的純真雙眼看著我，使我非常難以回應。

「贏過別人不會有種『贏了！呀呼——！』的感覺嗎？」

「我喜歡島村小姐，所以贏了也不會開心啊。」

我嚇了一跳。突然被人說喜歡自己，身體不禁因此繃緊了神經。

順帶一提，安達不知為何失手沒拿好球，發出沉重的聲響。她連忙去撿滾走的球。我看著她的背影，好想說所謂的小孩子就是像她這樣。

「啊，這樣啊……我就說聲謝謝吧。」

我移開目光。畢竟被人當面說這種話的話，實在很難直視對方。也許是因為我小時候也不會直接把這種話說出口，才更加感到難為情吧。

匆忙去撿球的安達回來了，並且站在我們正前方。她的視線不是朝向我，是朝向社妹。我不得不感受到危險的氣息。

「那麼，和我比賽吧。」

安達架著球，對社妹下戰書。她面無表情所以很難確定，但肯定抱持著不是滋味的心情。

妳為什麼要跟她爭呢，安達妹妹。

「喔喔，妳認為贏得了我這個專職保齡球師嗎？」

社妹想說的似乎是「職業保齡球選手」。反正都是天大的謊言。

「我當然認為贏得了。」

安達說著輕撫保齡球表面。喔喔，這動作真有派頭。

「如果我贏了……」

安達話只說到這裡，並且看向我。是贏了的話想叫我做些什麼嗎？雖然不知道是為什麼。我又不是社妹的監護人，真希望可以不要拿我來打賭。

「耳朵借我一下。」

安達拉著社妹的手，和離開我大腿的社妹一起移動到保齡球館角落。她們像這樣牽著手，

看起來就像是感情很好的姊妹——應該說更像綁架犯。原因大概在於安達頭髮是黑色的，和社妹的明亮色調呈現對比吧。

安達蹲下來對社妹說了些悄悄話。「喔～喔～」社妹摸著下巴簡單地點頭回應，卻好像在安達說完的下一刻說：「嗯——我不要！」這傢伙否定得真是直截了當。接著她蹦蹦跳跳回到這裡。

她真是精力充沛。我從頭到腳打量她跳躍的樣子，為她的活力感到佩服。相較之下安達卻垂頭喪氣，部分原因大概是因為完全無法和社妹達成協議吧。走起路來也很無力，腳步沉重。以這種狀態走回來的安達用正常方式把球投出去。球平凡地滾動，擊倒六根球瓶。盡是目睹社妹奇特行徑之後看到這一幕使我安心，但同時也不知道該做出什麼反應才好。

在這種場合，我應該稱讚她還是鼓勵她？安達默默投出第二球。

投完兩球的結果，剩下兩瓶。安達搔著腦袋坐在我身旁。

以比賽成績來看，她現在落後，所以現在應該要安慰她吧。

「真可惜。」

「因為我很少打保齡球。」

安達出言辯解。不過她和家人交情似乎不好，應該是真的很少有機會全家出遊。而且我也不認為她這種個性會想主動找朋友打保齡球。

「不提這個，再來換島村了。」

「……啊啊，我嗎……」

我將大腿上的社妹移到旁邊的椅子上，雖有些遲疑，但仍然起身準備投球。

兩人正在進行白熱化對決，我在這時候投球沒問題嗎？雖然我也有付錢，卻覺得不要上場比較識相。這個想法妳們覺得如何？我觀察兩人的表情。

「島村，快投球。」

「啊，嗯，也對。」

由於被催促了，我決定隨便投一投。保齡球滾啊滾……好，結束了。

連結果都不需要提及。我無論打全倒還是洗溝，事情也不會有任何改變。

身為人類，只要能理解重點就好。

我坐回椅子，社妹立刻爬到我大腿上。就好像狗一樣。

而且她就這麼坐著不動。她完全愛上把別人當椅子坐這件事了。

「不不不，輪妳打了。」

「喔喔，說得也是。」

社妹跳下我的大腿。這麼說來，她不知從幾時開始就不再攜帶太空服的頭盔，是何時把它收去哪裡了？感覺去深究這件事似乎會頭昏眼花。

「那麼，專職保齡球師第二次上場了。」

日文發音像是灑水器的這種稱呼是錯的。

社妹助跑前往球道。粒子在行經的軌道上擴散開來並描繪出軌跡，使得旁邊的家族跟男高中生集團的視線立刻一鼓作氣集中過來。我想也是。

然後，她在眾人注目之下使用那種投球法。她再度往前撲倒。

她維持著令人擔心會扭到脖子的後仰姿勢扔出球。人沒超線，大概不算出界。之後球以扭曲軌道滾動，就算轉彎撞上牆反彈也沒忘記本業，只記得盡責擊倒前方的球瓶，漂亮完成任務。

「哇喔～」

雖說有保護牆，但居然還能以那種投球方式連續打出全倒。就跟她的外表一樣，我懷疑她是否發揮了某種超自然力量。就算她會使用超能力也不奇怪。不過，如果她真的有超能力，也不需要使用這種投球方式了。

「感覺不錯的第二次～」

社妹雙手向前平舉，以奇怪的跑法回到這裡。不提這個，她膝蓋發紅，即使覺得有點麻煩我還是會擔心。

「腳有沒有磨破？」

我實際碰觸她的膝蓋確認，看來沒有嚴重到擦傷。社妹看起來也不覺得痛。不過這樣摸她的膝蓋，就實際感受到她真的很嬌小。

想到自己讓這麼小的孩子請客吃飯，就覺得有點過意不去。

另一方面，和她對決的安達正板著臉。這是當然的。從社妹散發的氣息來看，輕易就能想像她將會一直打出全倒到最後，不可能戰勝她。

「幸好沒有打任何賭。」

我頂多只能講這種話打圓場。安達不悅地發出「唔」的聲音。

「哼哼哼，妳想學我投球也沒關係喔。」

社妹得意洋洋地如此建議安達。雖然這根本不算是建議。安達只是看著社妹。

「我覺得正常投球也一樣。」

但社妹實際打出成果就難以否定。而且她沒有越線，所以我這個外行人不曉得是否犯規。反正社妹本人就是各種謎團的聚合體，如今即使再多一個謎，我也不會逐一感到疑問。

安達拿起保齡球。還要繼續打啊？真有志氣。我置身事外如此佩服時，安達來到我面前。她一邊以球遮住嘴角，一邊移開目光，對我說：

「島村個人幫誰加油？」

「這……」

我心想還真是來了一個麻煩的問題。

「幫誰加油？」社妹也無意地跟著詢問這個問題。

拜託別問我幫誰加油。

我很想說我不願意選擇其中一方。

我或許很照顧人，但這只是表面上而已。我骨子裡基本上是嫌麻煩的。

光靠努力與經驗無法顛覆本質，所以我其實對於受到他人的親近、依賴或喜好有些抗拒。好想縮起身子爬在地面上逃走。

大家肯定是覺得很稀奇。大家會覺得在我要逃走時戳我的背，追著我到處跑很好玩。因為逃，所以被追。我覺得只是如此而已。

縱使我改變態度反過來想接近大家，卻也因為我已不再是當初被追逐著的我，而不受眾人理會。先不提這是否是我自己的偏見，但我有這種自覺。

基於這種心態，我知道我其實是應當孤獨活下去的人。

即使如此，我還是在這裡。

被稱為「島村小姐」。

被稱為「島村」。

「是是是。」我忙著回應兩人。

簡直就像成了戀愛漫畫的主角，只令我精疲力盡。

歷經頗具風波的假期回到家，時鐘顯示仍然才剛過三點。後來我們順其自然解散，我隨便和安達道別之後直接回家。比賽結果無須多提，這場比賽導致什麼事情有所改變，或是誰留下不甘心的回憶，也容我割愛不提。

意外地早早就結束了。我如此心想，回到房間時雙腿一軟。

「好累。」

我只說出這個感想，倒在棉被上。我希望就這樣埋進棉被與地板融合睡個六小時，卻神奇地沒有睡意。所以我躺十分鐘之後，就覺得一直不動也挺無聊而睜開雙眼。我一睜開雙眼就看見漫畫。

應該是妹妹昨天睡前看的漫畫。我隨手翻開一看，裡面的主角大言不慚地講著像是藉口的話。我發出嘿嘿嘿的奇怪笑聲，闔上漫畫翻身。

「比上學日還累是怎樣……」

和他人相見、交談，以自己的方式盡量關心。

這也可以形容為受傷嗎？

不對，或許不太一樣。磨損。正確來說是有一小部分的我消失不見了才對。

為了迴避彼此的傷，避免勉強地去碰觸對方，而以奇怪的姿勢被風吹拂。

不可能不會累。我經常想要放棄、躲避或是逃離。但我在躲避的地方遇見安達。我可以肯定這是好事。

一個人很無聊。這是比孤獨還要辛苦，還要難以承受的疾病。逐漸改變我的這種惡性疾病，大概只能以人與人之間誕生的無形事物做為抗病良藥吧。

所以，我今後也會繼續磨損下去。
為了保持自我，而一點一滴地失去。
剛才漫畫裡的台詞，我像是放在舌頭舔舐般輕聲說出口。

『即使因為不順心，
而造成許多傷害，
也不要心生怨恨。』

女高中生 HOLIDAY

『KTV、吃東西以及河，妳要哪一種？』

島村首度打來的電話，是以詢問開場。我放學後前去打工，之後打工回來躺在房間沒多久，電話就響了，接聽之後發現是島村打來的。

而且還問我想去哪裡。

這難道是約會的邀請？不，應該不可能。

「這些選項是怎麼回事？」

『KTV是我的提議，吃東西是永藤，河是日野。』

似乎是出遊的提議，看來我的猜測並非完全落空。

不過，話中提到島村以外的名字。都是我知道的名字。

『日野約我這週日要不要出來玩，我想說也約安達看看。』

「啊～嗯，這樣啊……我去會不會破壞氣氛？」

『咦，妳的個性會在意這種事？』

島村誇張表現驚訝之意。我心想她有點過分，卻還是輕輕一笑。

「妳把我當成什麼樣的傢伙？」

『沒神……呃，是不太重視團隊和諧的人。』

妳剛才想說我沒神經是吧。說別人沒神經的傢伙才是沒神經吧。

「沒那回事。我意外地會在意周圍狀況。」

最近尤其關注島村。這句話我沒說出口。『是嗎……』島村聽起來一副難以接受的樣子，卻擅自放棄追究。『總之就當作妳會一起來。』

「哎，也好。」我稍微猶豫，卻還是答應了。因為這是在假日見到島村的機會。要是這時候拒絕，島村和另外兩人出遊的時候，我想我只會待在這個房間。

『所以，想去哪裡？安達也可以提議喜歡的地方。』

「話說這意思是我說了就定案？」

『應該吧。』

「明明剛開始沒找我，可以這樣嗎？」

『這是因為日野不知道安達的電話號碼。要是她知道，我想她早就邀妳了。』

「是嗎？」

我一邊回應，一邊為島村隨口說出的事情放鬆嘴角微笑。

只有島村知道我的電話號碼。這是不同於優越感的穩定感。

我無法窺視這份情感的真面目。

「『河』這個選項是要做什麼？」

『應該是釣魚。這是日野的嗜好。』

「釣魚啊……」

我難以想像。大概是四人並排在河邊垂釣吧。雖說是十一月的涼爽時期，但要讓背部接受陽光的燒灼，要讓腳踝暴露在冰冷的河水裡——連動物園都未曾全家一起去過的我，有種先入為主的觀念，覺得接觸大自然的感覺很麻煩、難受。

「吃東西」大概是到家庭餐廳或麥當勞隨便吃並且閒聊一整天，不過在這種時候，我質疑那裡是否有我的容身之處。無論是嗜好或學校的話題，我不覺得自己有參加的餘地。我將會不發一語持續度過無聊的時間，我輕易就能想像這一幕。這種時候包含島村在內，我和她們三人之間沒有交集點可言。

「那就ＫＴＶ。」

我覺得這是三個選項之中最沒問題的一個。到時可以聊歌曲的話題，所以應該不用煩惱如何消磨時間。而且最重要的在於這是島村的意見，這也是我贊成去ＫＴＶ的原因。

但島村應該不是特別愛唱歌，只是被問到的時候姑且提議吧。

『明白了。那我轉告日野她們。』

島村說到這裡，我感覺到她的呼吸遠離。

感覺隨時都有可能會結束通話，所以我主動向她搭話。

「那個，島村。」

『嗯？』

聲音有點遠。看來她果然已經把電話拿開了。
要是這時候吞吞吐吐，似乎會馬上結束通話，所以我拍打胸口鼓舞自己。
「到時候，要不要一起唱幾首歌？」
『可以啊，不過要唱哪首？這麼說來，我不知道安達喜歡聽什麼類型的歌耶。』
我抱持緊張的心情詢問，島村的回應卻很隨便。
不過，我沒提過這個話題嗎？我回顧至今的交談內容。
……好像有。但島村應該忘了。
「我覺得我喜歡的歌很普通。」
『普通的歌是什麼樣的歌啦。』
「那個……唱島村喜歡的歌就好。」
我想不到具體的例子，所以完全扔給她決定。感覺我好像老是這樣。
『不不不，別讓我決定。我喜歡的有很多都是老歌。』
「老歌是多老的歌？我們出生之前的？」
『嗯。例如ＳＰＩ〇〇的羅〇〇。』
「啊，那首我應該會唱。」
這首歌這麼老嗎？有線廣播不時會播，但聽起來沒有年代感，所以我沒察覺。只是我不記得歌詞，所以必須去調查一下並且做功課。

『關於幾點集合之類的細節，等日野決定之後再通知妳。』

「嗯。」

要是將電話號碼告訴日野，島村就不會打電話過來。

所以，沒告訴日野是正確的。至少對我來說是如此。

『那麼，週日見～』

「不不不，明天也要上學啊。」

『啊，對喔，那麼明天見。』

性子有點急的島村結束通話。我在這種時候，經常會因為找不到掛電話的時機而和對方一起度過無言的尷尬時間，但島村很乾脆地結束通話。

感覺明顯反映她的個性。

我放下電話。放下之後重新坐在床上，看向牆上的日曆。

十一月上旬，第一週。今天是週三。距離週日還有好幾天。我最近每天去上課，大約每三天和島村一起吃一次午餐，其他沒什麼特別的事好提。

頂多就是我在打工時會擔心要是島村全家又來光顧怎麼辦，導致看向停車場的次數增加吧。後來他們再也沒來過。或許島村也因為母親會藉此打聽各種事而不想來這裡吧。明明所有人都會經歷這種青春期的感覺，卻會隨著年齡增長而遺忘的樣子。這就是成長吧。

「唉……」

感覺最近嘆息次數增加了。不過或許比總是很無聊的那時候好一點。
我很高興她約我，卻因為還有他人同行而嘆息。我在某方面可以接受，卻也有些不耐煩。
我覺得這是因為島村會約我大概是基於日野要求「約安達同學看看」，否則她不會找我。
從這裡看得到島村會顧慮他人的一面，我也很感激。
但她只顧慮到要和我巧妙保持距離，也讓我心情變得複雜。
這天晚上，我在床上回憶初遇島村的光景。

初遇時是島村先待在體育館二樓。記得她是抱膝而坐。
當時還是夏季制服，手臂有稍微曬黑的痕跡。
她察覺到我而抬起頭，我們四目相對。她散發的氣氛如同國中生，因此我猜到她應該和我一樣是一年級。我不知道她的名字，但對方似乎知道我是誰。雖然她看起來感到有些疑惑，但還是開口說：
「妳是……安達？」
「是沒錯……」
「我們同班。」
她說著微微揮手。我對她完全沒印象。這是當然的。

這天第二學期剛開始，比十月悶熱得多。一踏進室內，突然就被不同於戶外陽光燒灼熱度的窒息感所籠罩，使我不禁驚呼。我實在不認為找到一個好去處，最重要的是既然先有別人來到這裡了，那我也會想避開對方。

但她叫出我的名字，又說我們同班，我很難說一句「這樣啊，那麼再見。」就離開。我們都處於「明明是上課時間卻待在這裡」的立場。這個傢伙為什麼蹺課？雖然只有一點點，但我心中也逐漸產生少許對她的關心。

我無處可逃，所以坐在桌球桌邊。坐在地面綠色網子的島村隨即說出自己的姓名，接著半開玩笑地補充說：「綽號是思夢樂。」害我除了姓氏以外完全沒印象。而且想到島村的時候，也完全把她的姓氏定型為「思夢樂」，無法立刻想到姓氏的「島村」。

「妳是這裡的常客？」

「今天是湊巧過來。」

原本想去平常蹺課的地方，但老師剛好經過，於是我一邊避開他人視線一邊逃到這裡。幸好樓下場地沒在上體育課。

「妳呢？」

「大同小異。」

我後來才知道，島村這天是第一次蹺課。她說明她的心態是「習慣放假就懶得上課了」，但我不知道她真正的想法。或許是基於其他更大的不滿，也可能是暑假發生某些事。但我當

時對島村沒什麼興趣，所以簡單帶過這個話題。

我和島村保持好一段距離坐下，沒有繼續交談。這段沉默的期間，只有汗水持續浮現。島村以手帕擦汗，我則以小毛巾將汗水連同快掉的妝一起擦掉。

我閒著拿手機出來玩，卻沒什麼事情能做。看向時鐘，心想距離午休時間還好久，使我感到厭煩。我偷偷看了島村一眼，她心不在焉地仰望窗戶，看不出來在想什麼。後來我得知她什麼都沒想。

寂靜無聊的氣氛在獨處時不以為苦，但在旁邊有人時就會因為顧慮對方而感到疲累。我打算假裝接下來有事或突然有急事作為藉口離開這裡時，聽到了「唧唧唧唧」的聲音。我慌張抬頭確認發生什麼事，發現蟬停在窗外映出剪影。

然後開始鳴叫。

明明八月早已結束，叫聲卻充滿活力，響亮得令人懷疑是否有五隻蟬一起鳴叫那麼大聲。我不由得和島村相視，臉上露出困擾的笑容。

「好吵。」

「真的。」

島村撐著地面起身，走到蟬貼附的窗戶下方，以手指輕戳牠的影子。不知道是不是受到窗戶振動的影響，蟬隨即從窗戶上摔落下來。雖然看得到牠努力振翅掙扎，卻完全無法阻止牠摔落地面。「我闖禍了。」島村也縮回手指，以為難的表情看向我。我當時奢侈地希望她別看我。

蟬鳴停止。島村動也不動地注視窗戶一小段時間。

不久後，島村用尚未放下的食指指向階梯。

「要去看看嗎？」

大概是因為要是自己真的害死蟬的話，事後回憶起來會覺得不是滋味吧。她邀我一起去看，「好啊。」閒著沒事的我接受邀請。我覺得出去之後就這麼順勢離開也不錯。

我們下樓，避開在操場沒勁地跑步的男生們的目光，快步繞到體育館後面。體育館與社團道場之間的暗處，矗立著一棵如同被遺忘的大樹。從二樓窗戶也看得見的這棵樹下，有個東西很像剛才的蟬。

蟬仰躺在地面。看來原本就相當虛弱，雖然翅膀在動卻起不來。樹木那一側的上方傳來蟬鳴，卻像是對於地面的同伴漠不關心。蹺課的我現在大概也處於這種立場吧。隱隱覺得有股親近感。

島村蹲到蟬的旁邊打算伸出手。

「妳敢碰？」

「蟬的話還好。蚯蚓與球潮蟲就不行。」

我不懂她敢不敢碰的基準。大概是在泥土地爬行的就不行。

我思考片刻，心想或許真是如此而覺得頗有同感。我敢碰瓢蟲，卻對蜈蚣沒轍。

島村有點退縮，卻還是抓起蟬。「喔喲喲！」被抓住的蟬不斷掙扎，島村也跟著亂跳。看來她想拉開距離，卻因為自己抓著蟬而做不到。此外希望她別拿著蟬靠近我。亂動好一陣子的島村與蟬，像是累了般安分下來。起身的島村看起來有些猶豫地搖頭之後走向樹幹。

「抓得住嗎？」

島村抱持疑問，卻還是讓蟬靠在樹上。蟬的腳匆忙擺動。島村輕輕鬆手之後，蟬抓在樹幹上再度鳴叫，所以我們滿足地回到二樓。我不知何時忘記「順勢直接離開」的想法，而且對於事情演變成這樣也沒抱持反感，覺得這樣也好。

當我們正在上樓時，島村問我問題。

「那隻蟬不知道還能活幾天？」

「不知道。」我老實回答。「我想也是。」島村點頭回應。

過了一段時間走上二樓之後，輪我詢問：

「妳希望牠活幾天？」

島村稍微思索之後回答：

「大概十五天吧。」

經過十五天後的那天，來到二樓的島村她的雙手沾著泥土。

我覺得她肯定是去埋葬蟬了。

就這樣，我和島村相遇了。

這是我還沒將島村當成朋友時的事情。

基於各種原因，我們之間的關係多少有些緊張。對我來說，我和島村的關係就是這樣。

我穿過只有和菓子店與腳踏車修理店營業的商店街，然後越過停駛鐵道的平交道左轉後，馬上就看見了當成會合地點的郵局。經過左手邊的銀行與公車站牌之後，靠在郵局招牌上等待的島村向我揮手。

我發現島村在某些方面上異常正經，會合時大多是第一個到。我微微揮手回應，在島村面前停下腳踏車。

「明明上課會遲到，出遊卻很準時嘛。」

「島村小姐講這種話不太對。」

交談時，我沒看到那個發亮的小傢伙在島村身邊，內心鬆了口氣。我一直擔心她今天也會半路殺出來說要一起去玩而和我們同行。說起來她究竟是什麼人？雖然島村似乎因為在好的方面上不拘小節所以能夠接納她，但她頭髮與眼睛的顏色再怎麼怪異也該有個限度。實在不像是生物擁有的光輝。

「這套衣服在思夢樂買的嗎？超適合妳。」

「不要大家都開相同的玩笑啦。」

島村拉著白色毛線衣的一角板起臉。既然是「大家」，就代表日野她們應該也說過相同的話。我反省自己的言行。我不想成為這種朋友。

「我才要說安達，妳穿旗袍過來應該很受歡迎。」

「饒了我吧。」

島村身旁沒有腳踏車，看來和上學時一樣是步行前來。島村似乎很閒地在郵局停車場繞圈踱步。我的目光跟著她移動，覺得是不是該講點話比較好，卻煩惱想不到任何話題。明明初遇的那段時間對她漠不關心——我到底是從何時開始變得會注意起島村的一舉一動了呢？

我也是最近才注意到島村的外型，覺得她很可愛。

「那…那個……」

「嗯～？」

以8字形路線走動的島村看向我。

「我記住歌詞了。」

「割瓷？鴿辭……歌詞。啊，歌詞是吧，要一起唱的那首。」

島村理解速度有點慢。但她接下來說的這句話令我安心。

「如果有其他會唱的歌，到時也一起唱吧。」

「嗯。」

另外兩人還沒來。

乾脆丟下她們和島村一起去其他地方吧？我稍微冒出這個念頭。

但日野與永藤像是察覺到我有這個念頭般同時抵達。她們共乘腳踏車經過右方的橋而來。個子小的日野負責騎車，後方的永藤毫不在意地搭著她的肩。總覺得她們立場應該相反，不太搭調。

「喔，來了來了。」

島村上半身探到路面揮手。日野與永藤一起舉起雙手回應。慢著，這樣不太妙吧？她們就這樣在放開龍頭的狀態下過橋穿過平緩的下坡，接著腳踏車便來到我們的面前。兩人依然舉著手，所以是以鞋底摩擦地面來煞車。這些傢伙還真奇怪。我以這種想法看著她們，日野則像是看透了我的內心般對我會心一笑。

島村向跳下腳踏車的永藤說：

「還不會騎腳踏車嗎？」

「嗯，當然。」

永藤面不改色回應。然後我現在才發現她今天沒戴眼鏡。沒戴眼鏡凸顯了她細長的眼角，增加知性的印象。原本的臉蛋輪廓居然因為眼鏡而變得不清楚，真罕見。永藤與日野來到我身旁。

「喲，安達兒～」

日野毫不顧慮地叫我。不拉長音就是「安達兒」，讓我想起小學時的綽號。

現在想想，綽號比名字還長似乎不太對。

「喔，這不是安達兒嗎？」

永藤也跟著裝熟叫我。順帶一提，因為連島村也打趣叫我「安達兒～」，使我不由得看向別處。好想用開襟上衣附的帽子遮住臉。其他人就算了，被掛著燦爛笑容的島村這麼叫的話，會讓我感到有些排斥。

與其說是排斥，更像是給予自我意識某種影響的——換句話說就是害羞。

我為了掩飾害羞而跨上腳踏車。被風吹著的話，臉頰的溫度應該也能快速冷卻下來。

「ＫＴＶ在哪個方向？」

「那裡。」

日野指向我來的方向上稍微有些距離，且位於對街的一棟建築物。

建築物外面高掛「某某村」的名稱，裡面同時有托兒所、燒肉店、小餐館與ＫＴＶ。雖然排隊進場方式亂得像是忘記節操這個詞該怎麼寫一樣，但停車場滿是車輛。

好近。走路不用十秒。感覺這樣根本沒必要在郵局會合。我迅速下腳踏車，決定推著腳踏車用走的。真的好遜。

「但我沒想到妳會來耶～」

「啊，我也是。」島村贊同日野的意見。兩人的目光朝向我。聽內容就知道是在說我，她們卻像是在徵求我的見解，使我困惑。

我坦白說出理由的話一定會被投以異樣眼光——應該說她們一定會對我敬而遠之。

「反正也沒事做。」

我說個不傷大雅的謊。我就是因為會以冷淡態度說這種謊，才給人不親和又難以來往的印象吧。我的確有自覺到自己不擅融入群體。

大概是因為在各種方面上都缺少經驗吧。而現在這就是在累積經驗。

「嗯，因為無聊。有這種像高中生或死神的動機，非常好。」

日野自己一個人很開心地表示認同。為什麼這時候會提到死神？

ＫＴＶ的裝潢是南瓜與披風。微暗的店內牆壁吊著橘色南瓜，深色繡亮線的披風當成簾幕高掛。看來是將萬聖節裝飾留到現在。右邊的等候區沙發坐著兩位老爺爺，他們悠閒下著黑白棋。看向其他地方，眼中所見也盡是老年的團體客人。在這種客層的店裡，我們四人有點格格不入。不知道是不是我們看起來年輕，所以從大家看我們的眼神中感覺不到惡意，但受到注目果然還是不太舒服。

收費標示假日每三十分鐘一百八十圓。一小時三百六十圓。比車站前面的ＫＴＶ還便宜。

雖然還有九小時的超值方案，但我不想這麼做。

現在開始唱九小時會唱到晚上。我晚上還要打工。

「總之唱四小時左右可以嗎？」

日野轉身看向我們。我本來覺得這樣還是太久，但永藤回應：「不錯啊。」之後，想想四小時應該差不多剛剛好。島村沒說什麼，只在旁邊捏著髮梢。日野就這樣買了四小時的包廂，我在這時候察覺店員也是老爺爺。這間店似乎是日野挑的，不曉得她究竟是用什麼標準來挑店的。

我們走進後面的通道，由日野帶頭進入包廂。或許其他人沒什麼感覺，但這對我來說是伴隨緊張的一瞬間。要坐在包廂裡的哪個位置是很重要的問題。

白色牆壁環繞的狹小包廂裡有兩張黑色的沙發。我看島村往右邊走，我也跟過去。我假裝很自然地——雖然走起路來感覺也有點像是在畫長方形一樣僵硬啦，但我順利坐在島村身旁。日野與永藤坐在對面沙發。或許順其自然也會變成這麼坐，但還是必須盡力而為。

「包包放這裡吧？」

坐在台子旁邊的島村如此問我。我對於坐在島村身旁感到滿足，差點掩不住笑容，一邊自制一邊回應「好」將包包交給她。反正不會有人打電話來，也沒有非得放在手邊的東西。至於腳踏車鑰匙我則放在衣服口袋。

我朝桌上的菜單伸手。雖然並不是想吃東西，但要是坐著沒事做也靜不下心。不過我伸手要拿時，坐對面的永藤先碰到了菜單。我縮回手與身體，她以「沒關係嗎？」的目光看我，我點頭回應。

這段期間，日野誇張地豎起麥克風與手指，按下開關。

「那麼，事不宜遲由我開始。時光~的漩渦~」

「別這樣。」

永藤冷靜地拿走麥克風。我也不經意覺得別這樣比較好。再說還沒點歌就開始唱好像也不太對。

「唔，唱別首吧。」

日野也很乾脆地作罷，順便討回麥克風。「噗～」她發出這種聲音操作遙控器選歌。下一首不知為何是兒歌。日野一邊唱一邊探看永藤打開的菜單，以左手指著菜單某處。

「要點整壺飲料的話，麻煩點綠茶。某位偉大的老師說，唱歌時喝綠茶比喝烏龍茶好。」

「偉大的老師是誰啊？」

「愛唱歌的S老師。」

「妳講英文縮寫還是一樣很可疑。」

島村一臉無奈。雖然說是老師，但不是指班導。記得英文縮寫應該是T。

日野很隨便地唱完她所點的兒歌。「再來換誰唱～」她說著舉起麥克風。我往旁邊看了一下島村，她正在看一開始就放桌上的傳單，不過似乎察覺到我的視線而抬起頭。我們四目相對，感覺她在問我「要一起唱嗎？」，我搖頭表示還太早。

「那換我。」永藤接過麥克風。「換妳是可以啦……」說完日野將手扠在腰上。

「不過有哪首歌的歌詞是永藤小妹妳記得的嗎？」

「呃……呃……」

永藤含糊其辭地縮起下巴，看起來沒自信。但表情依然不失氣質。

「不會唱的部分就交給日野好了。」

「要我連唱兩首喔？這樣會變成獨唱會喔～」

日野輕聲挖苦，但永藤似乎毫不介意，仍然面不改色。

看來永藤的記憶力似乎有點問題。這麼說來，她問我好幾次名字似乎依然不記得。永藤開始搜尋歌的編號。日野唱兒歌的原因，似乎只是因為沒查編號隨便輸入就跑出那首歌的樣子。

不久之後，我們姑且先點的一壺綠茶送到了。端來的當然是老爺爺。我好想調查店裡的平均年齡。在杯裡倒入綠茶，形式上擺個乾杯的樣子之後，永藤選好歌輸入了編號。播放的是二条歐瓦莉這名歌手有點早期的歌曲。

歌本身有點吵，我不喜歡，但我對一同演奏的鋼琴旋律以及彈琴的人頗有好感。演奏者是和服鋼琴家，從雜誌專訪來看，給人逍遙自在的印象，接受採訪時總是和歌手一起聊狗的話題。前陣子她被問到音樂方面的問題時，也在聊家庭餐廳的事。

「知道這首嗎？」

島村喝著綠茶詢問。「但我不知道歌詞。」我說著點頭回應。「這樣啊～我也不知道。」她興趣缺缺地這麼說，接著拿起杯子喝綠茶。

島村不是口渴，是閒著沒事才一直灌茶，就算在旁邊看也能馬上看出來。雖然島村看起來很融入這種氣氛，但感覺似乎也有點在勉強自己。回想起她在體育館二樓心不在焉的樣子，就覺得說不定那樣才是正常的她。但她表現得不讓他人注意到這一點。

即使我與島村在高明程度上有些差距，但處理人際關係的態度或許相似。我是否就是被她和我相像這點所吸引呢。

無論如何，像這樣四人共處的話，我能清楚理解到還是只有我與島村兩人一起比較好。結果，第二首也幾乎是日野在唱。日野掛著笑容，將麥克風塞過來。

「來，下一首請～」

島村與我轉頭相視，如同將麥克風互推給對方。

「依照順序是妳吧？」

「……唔，明白了。」

島村接過麥克風。「再拿一支麥克風。」她隨後如此拜託日野。

「我們要兩人合唱～！」

她說著要我起身。咦，這麼快？她拉起有點退縮的我一起繞過桌子。雖然這麼說，但島村並不是真的拉我，是她的行動與態度自然牽動我。

島村似乎有先查過歌曲，迅速輸入編號。忙碌的心臟向我訴說：「希望她可以再多花點時間點歌。」感覺就好像有人將手貼在我背上。

我不擅長在別人面前開口唱歌。我一直很痛恨音樂課要在大家面前進行歌唱測驗這種做法。但今天和島村一起唱，所以我更在意其他的事情。

我和島村並肩而站。這樣好像兩人站在學校講台上一樣，使我的胃也開始感到緊張。默默聽著歌曲前奏，我開始感到有些頭昏眼花。我沒問題嗎？心裡開始浮現對自己的擔心。

島村如同窺視到我這份不安，在這個時間點對我說話。

「其實，能一起唱幫了我很大的忙。」

「咦？」

突然說出這種話的島村，打開麥克風開關露出笑容。

「我不擅長在別人面前唱歌。」

「別在唱歌之前講這種話啦～掃興～」日野開玩笑地出言奚落。永藤開始點東西吃。我則是聽到島村如此坦白之後笑逐顏開。

什麼嘛，原來我們一樣。感覺到和島村又更接近一步的這份喜悅，令我內心悸動。

「我也是。能和島村一起唱真是太好了。」

我回應之後，前奏結束，接著是歌詞的部分。

為了讓我所表露的心情能夠注入至歌曲內，我將這份心情融入了歌聲之中。

後來即使時間到還是再繼續唱了一下，大約唱了五個小時。我也被要求獨自唱好幾首歌，難為情到想低頭的場面出現過好幾次，不過在島村的稱讚之下，並未壞了心情。

而這股難為情的心情，也讓我察覺到了我向島村尋求的究竟是什麼。

走出ＫＴＶ包廂，時鐘顯示現在是三點多。陽光依然微溫，但氣溫比起上個月明顯下降。冬季將至，今年也將結束。不過一年結束的感覺是我們擅自決定的，即使進入新年還是一樣會冷。

「安達兒～您今天還滿意嗎？」

日野詢問我的感想。明明用不著只針對我逐一問這種事，如同以小心翼翼的態度對待我。不過實際上確實如此。而且我完全被稱為「安達兒～」了。

「嗯，很快樂。」

我一邊回答，一邊看向島村。島村也看著我，露出「那就好」的滿足表情。島村表現得像是我的監護人，如果別人這麼做，我應該會抗拒。但我現在卻神奇地接受這種事，差點不得不對她感到佩服。

「那就好。改天再約妳吧，主要由島村負責。」

「我？呃，我是不介意啦。」

島村有一瞬間露出「日野自己邀她不就好了？」的表情。這部分就很有島村的個性。相對的，日野不知為何裝模作樣地輕拍我肩膀，一副「我知道喔」的表情……怎樣？

「那麼，明天見囉～」

跨上腳踏車的日野揮手道別。我輕輕揮手回應之後，永藤看向日野。
「妳知道我家在哪嗎？」
「妳當我是笨蛋對吧……妳以為早上是誰去妳家接妳的啊？」
腳踏車載著拌嘴的兩人，朝著橋樑離開。她們交情真好。還有會裝熟。我明明直到上次都還和她們保持距離打交道，她們卻已經將我當成頗熟的朋友。
我……並不討厭這樣。但我未曾和那種善於逢迎的人交朋友，不太習慣。
「那麼，我也要回家了——不過接下來就換應付妹妹了吧。嘿嘿嘿。」
島村半戲謔地笑了幾聲，接著像是脫離獨特的空氣般踏出腳步。包括電話在內，島村做決定時過於乾脆，使我為難。我會考慮太多事情，又不夠靈活，即使如此仍然會猶豫是否要向她搭話，而她卻連讓我猶豫的時間都不給。
「送妳……回去吧？」
島村停下腳步。我抓住煞車的手指一滑，腳踏車稍微往前了一點。
「而且我記得島村家似乎在這附近，那個，我覺得一個人走不太好。」
既然很近就沒必要送她回家吧？我說著就自己察覺到矛盾點。島村不知道是不是也察覺前後兩句搭不上而疑惑地歪過腦袋。或許別隨便找藉口還比較自然一點。
島村朝著日野她們逐漸遠去的橋頭看了一眼，然後笑了。
「那就容我搭個便車吧。」

她將包包放進籃子。我鬆了口氣。接著島村把手搭上我的肩。

「拜託了，安達兒～」

「不，那個，島村就正常地叫我名字吧。」

我轉頭要求更正。島村瞪大雙眼表示驚訝。

「明明和名字差不多，妳討厭綽號？而且居然只不准我這樣叫……」

「也不是說只禁止島村這樣叫，我沒有負面的意思……」

如果是只有島村會叫的綽號，倒也不是不行。

我就這樣讓回應不了了之，踩下腳踏車的踏板。剛開始沉重地慢慢踩，踩久了就逐漸加速。雖然我喜歡輕快踩著踏板的感覺，但要是騎太快的話一下子就會抵達島村家，所以我稍微放鬆力氣。

島村家。我光是回想，就差點讓腦袋變得一片空白。今天實在沒意願進她家，或許再經過幾個月也做不到。那是我最大的敗筆。

「在前面右轉，直走一段路。」

「嗯。」

我依照島村的指示右轉。經過人行道，越過停駛鐵道的平交道，穿過商店街。之後騎到很難和車輛會車的狹窄道路途中時，島村向我說：

「安達，妳真的開心嗎？」

「普普通通。」

這次交談對象是島村，所以我老實回答。今天並沒有讓我開心到能完全接受這次出遊。如果島村不在場，我會隨便編個藉口提早離開。

一起出遊之後我重新理解到，我從日野她們和島村身上感受到的果然是兩種完全不同的感覺。和日野她們成為朋友並不壞，但始終就只能是朋友。

在一般假日出遊不奇怪，但要是聖誕節一起出門就不太對。

我覺得這是所謂的朋友。但我卻希望在聖誕節和島村一起出門。我並非執著於聖誕節，元旦或是立春節分也可以。

總之，我想拉近和島村之間的距離。而距離拉近之後，我又想尋求什麼？

關於這一點，我覺得自己也大致明白了。

我想，我在向島村尋求姊姊或母親之類的要素。

雖然難以形容，但我需要能夠關懷我、包覆我的包容力。我和家人關係不太密切，我似乎是受到這部分的影響而嚮往這種感覺。

不過若將這件事說出口，就如同向大家宣告我有多幼稚，我會沒臉活下去。

希望島村成為我的姊姊。這種話我說不出口。

「啊，還是在前面左轉吧。」

島村突然說要變更路線。怎麼回事？雖然我如此心想卻仍然照她說的左轉，騎沒多久便看見了一座冷清的設施。此處地面鋪著細沙，雖然現在空無一人，但原本是給孩子玩樂的地方，我上托兒所的時候也經常受這裡照顧。

這裡是世間俗稱的公園。

「島村家真通風。」

「視野也棒透了對吧，哈哈哈——別說傻話了，我要下車。」

我將腳踏車停在遊樂器材旁邊，隨即島村就先行下車，踩著沙子走向自動販賣機。我也下車將腳踏車上鎖，此時島村在自動販賣機前面稍微拉開嗓門說：

「我口渴想喝個飲料。安達要喝什麼？」

島村補充說她請客。我回想起我們蹺課時在午休時間裡的對話。

「有礦泉水嗎？」

「罐裝的沒有～寶礦力可以嗎？」

「唔～好。」

島村拿了兩罐飲料回來。我們繞過旁邊的遊樂器材，前往後面的鞦韆處。雖然有長椅，但不知道為什麼我們兩人卻坐到鞦韆上。

島村的鞦韆是黃色，我的是紅色。不知何時塗上的油漆有些剝落，碰觸連結的鎖鏈，就有紅色的鐵鏽落下。朝沾到鐵鏽的手指一撥，鐵鏽就瓦解為粉狀消散，就如同記憶或回憶。

而且是美好的那一種。不好的回憶會更加纏人。

「今天辛苦了。」

島村慰勞我。「不不不。」我露出苦笑。

「今天明明只是出來玩而已。」

「妳不擅長應付這種場合吧？」

「好像有這麼一點點。」

「雖然日野那麼說，但如果妳不願意，我以後就不再約妳了喔？」

感覺她真的把我當成小學生對待。我緩緩搖頭。

島村約我，就代表島村也會去。

既然這樣──

「不要緊。並不是覺得難受，所以以後再找我吧。」

我如此回答。「是嗎？」島村說著隨即拿起飲料罐飲用，順便稍微搖晃鞦韆前後擺動。這種舉動就有如在排遣無聊的情緒。

我也微微低著頭，一口口喝著寶礦力。

今天是假日，卻沒有任何人來公園。只有我與島村兩人。但我覺得要是一個不小心，那個發亮的小傢伙可能會從視線死角竄出來，目光忍不住投向各處。她豈止是神出鬼沒，她的外表甚至讓人覺得她會在陽光聚集起來之後突然出現，所以不能大意。

「……所以？」

島村忽然看著我的臉。鞦韆吱吱作響地擺盪著。

我聽不懂她的意思，歪過腦袋。「啊啊，嗯。」島村停頓片刻。

「唱KTV的時候妳經常看我，所以我覺得妳是不是有話要對我說。」

我不由得差點起身。

被發現了。的確感覺有好幾次和她目光相對，但不知道她是不是也發現到其他時候我也不時在看她。亂了分寸的情緒從臀部傳到鞦韆，鎖鏈扭曲地晃動。這正是我的心境。

我將目光移開島村，腦袋發熱，思索著該如何回答。

……好，這時候先試著裝傻看看。

「我這麼常看妳？」

「嗯。」

島村微微點頭。我縮起肩頭。再更進一步裝傻下去吧。

「我覺得是妳多心了。」

「但我們目光相對好幾次耶。」

確實如此。雖然我每次都用曖昧的笑容敷衍過去，不過這該怎麼解釋？我悄悄觀察島村的反應，她指摘說：「就像這樣。」使我越來越不知道該看哪裡。

我想對島村說的話堆積如山，但我總覺得說出任何一句，都會讓她以奇異的眼神看我或是逃走，使我畏縮，使我卻步，使我開不了口。

有各種東西逐漸累積在我脖子以上的部位。如同果實成熟般儲存養分，但儲存過度只會在腐爛之後淒慘落地，就是這種心念。心念的一角如同從樹幹露出的樹苗般探出頭，試圖從我的口中竄出。雖然有加以抑制，卻來不及了。

呼、呼呼、呼。我聽著自己如同變成狗的呼吸聲。

「可以……摸摸我的頭嗎？」

我說完，將低垂的頭朝向島村。

我內心不知所措。我只能這樣對自己解釋。我搞不懂自己在講什麼，卻又驚訝地覺得自己到底在說什麼傻話。不知道島村現在是什麼樣的表情。我害怕看見她的表情，所以我抬不起頭，要是放開鞦韆鎖鏈，我的下巴可能會撞擊地面。

「嗯……」

島村的反應很簡短。聽起來像是維持一步的距離觀察我。這段期間，我的頭感受到視線。我冒出一滴滴冷汗，喉嚨顫抖得想大喊「當我剛才沒說」。手臂首先受到餘波的影響不斷打顫。還是不要這麼做吧——這句話我不知道想過了多少次。

我無數次地跨越了後悔與已然凝固的某種東西並無數次地感到絕望，即使如此我仍然面向前方——

大概就在此時，島村的指尖如同羽毛翩然降臨，碰觸我朝向她的頭。

「哇！」我不禁發出聲音。內心像是開花般感到雀躍。

指尖一開始像是在確認頭部般輕觸，接著島村小小的手心包覆我的頭。像這樣緩緩撫摸的話，就搞不清楚究竟是我的頭髮還是島村的手在柔順地滑動著。

「安達真愛撒嬌。」

感覺她之前也說過相同的事。當時我也別開臉，所以不知道島村是以何種表情這麼說的。聽起來像是無奈，又像是在微笑著。這裡沒有風聲遮蔽，感覺連時間與地球都停下來看著我們。

不同於胸口激烈的悸動，內心平靜得差點靜靜流下淚水。

於是我了解到，原來心不在胸口。

一定是為了想就近感受島村的手心而跑到頭上去了吧。

「再一下？」

島村用手指撫摸我的瀏海。我默默點頭，她的手隨即溫柔撫遍我的頭。每當被她撫摸以及指尖梳過頭髮時，腦袋裡就逐漸變得透明。如果現在的我有尾巴，肯定搖得很用力。被同班女同學摸頭這麼開心，我怎麼了？

我究竟是笨？還是怪？肯定兩者皆是，我該思考的或許是兩者所占的比例。

「可以了嗎？」

「……嗯。」

我縮回差點說出「還要」的舌頭，微微地搖頭回應。

島村的手離開了。抬頭需要勇氣，但我努力抬起頭。

收回手的島村摩擦十指，放鬆嘴角。

「別在教室叫我姊姊喔。」

島村半開玩笑提醒我。「我說真的喔。」她露出有些自嘲的笑容。

不知道島村是不是也覺得害羞，她一鼓作氣地喝光飲料。

她緊握喝完的空罐，並向我伸出空著的另一隻手。

「給我吧，我一起拿去丟。」

「啊，這罐還有，我打算回去的時候再喝。」

「這樣啊。」

島村去丟她自己的空罐。我看著這一幕，將手中罐子倒轉。

一滴都沒滴落。裡面空空如也，換言之，我說謊了。

我打算帶回家擺飾在房裡……這樣好像有點噁心。

但島村不會來我房間，最重要的是我自己可以就此滿足，所以遵循這種慾望也不壞。要將何者視為寶物，由我自己決定就好。

頭頂依然輕飄飄的，我感受著餘韻，輕輕將罐子放在腳踏車籃子裡。

島村走回來，我準備騎上腳踏車。我開鎖跨上坐墊之後，島村也從後方上車。這次我稍微在意起她搭著我的肩這件事。我回想起握手時的觸感，感覺臉頰逐漸發燙，於是我低著頭踩踏板起步。

因為距離傍晚還很久，我無法將臉紅解釋為夕陽使然。

腳踏車離開公園，載著島村與我前進。

腳踏車是在實質的意義上走在只屬於我們兩人的時間裡。雖然這段時間再過十分鐘就會結束，但寶物就是因為時效不長而增加其魅力。

跳進去，再游遍各處，最後換氣。然後又再沉入更深的地方尋找。

想和島村成為特別的關係。

沒有奇怪的意思，真的沒有。但如果是特別的關係，奇怪也無妨。

總歸來說，我想我應該喜歡她。

後記

這一部不會出人命的。

各位好。編輯委託我說：「寫一部類似《輕○百○》的作品。」我就試著寫了。

不過事後回想起來，我參考的漫畫書名似乎和編輯說的相差一個字。

雖然發生了這樣的事情，不過本作是今年第一本作品。

雖然問候得有點晚，但今年也請多多指教。

已經沒東西寫了。

「我看見座敷童子了！我睡覺的時候，有個傢伙經過房門前面！穿紅色和服，走路無聲無息！」那是我。請容我和像這樣有點睡昏頭的家父與很「…………」的母親，向以各種形式閱讀本書的所有讀者們致上誠摯的謝意。

入間人間

國家圖書館出版品預行編目資料

安達與島村 / 入間人間作 ; 哈泥蛙譯.
-- 初版. -- 臺北市 : 臺灣角川, 2014.03-
冊 ;　公分
譯自 : 安達としまむら
ISBN 978-986-325-842-1(第1冊 : 平裝)

861.57　　103001640

Kadokawa
Fantastic
Novels

安達與島村 1

（原著名：安達としまむら）

2014年3月27日　初版第1刷發行
2024年3月22日　初版第10刷發行

作　　者：入間人間
插　　畫：のん
日版設計：鎌部善彦
譯　　者：哈泥蛙

發 行 人：台灣角川股份有限公司
總　　監：呂慧君
總 編 輯：蔡佩芬
主　　編：林秀儒
編　　輯：黎夢萍
設計指導：陳晞叡
美術設計：黃永漢
印　　務：李明修（主任）、張加恩（主任）、張凱棋

發 行 所：台灣角川股份有限公司
地　　址：104台北市中山區松江路223號3樓
電　　話：（02）2515-3000
傳　　真：（02）2515-0033
網　　址：www.kadokawa.com.tw
劃撥帳戶：台灣角川股份有限公司
劃撥帳號：19487412
法律顧問：有澤法律事務所
製　　版：巨茂科技印刷有限公司
ISBN：978-986-325-842-1